月とコーヒー

デミタス

吉田篤弘
atsuhiro yoshida

徳間書店

目次

装幀――――吉田浩美・吉田篤弘［クラフト・エヴィング商會］

装画・挿絵――吉田篤弘

月とコーヒー　デミタス

苦いコーヒー

現場に向かう車の窓から、彼はバス通り沿いの店々を眺めていました。時間が早かったせいもあり、いくつかの店はシャッターをおろしたままでしたが、ロケに選ばれる町としては、ごく見なれた風景でした。

「それにしても」

運転席の角倉《かどくら》氏がバックミラー越しに話しかけてきました。

「よく、ご決断されましたね」

ご決断、という言葉に、彼はバックミラーに映る氏の顔を見返しました。

「脚本にひかれたんです」

彼は短く答えました。撮影現場へ向かうこの後部座席の時間は口数が少なくなるのが常で、これから演じる人物に少しずつ移行していくひとときなのです。

「それにしても、です」と角倉氏は繰り返しました。

氏は彼のマネージャー兼ドライバーで、彼が二十二歳でこの世界に身を投じてから、三十年あまり二人三脚で歩んできました。彼よりひとまわり歳上ではありましたが、役者としての彼を尊重する思いから、常に敬語を使い、彼は彼で年長者への敬意を忘れず、やはり敬語で受けこたえしていました。

はた目には、よそよそしく映ったかもしれません。しかし、その距離感こそ、長いあいだ苦楽を共にしてきた絆《きずな》の証《あか》しでした。一見、他人行儀に見えるやりとりの端々に、二人はお互いの喜怒哀楽を察してきたのです。

察していることを、お互いに分かっているので、ときに二人は、ぎこちない時間を過ごすことになりました。

「もう、映画には出ないものと思っておりました」

角倉氏は慎重に言葉を選びました。

「いや、だから――」

シートベルトがきつかったので、彼は腰を浮かして位置を正しました。

「今回は脚本がよかったので」

「それにしてもです。舞台のお仕事をキャンセルするとは」

「それはまぁ、たしかに」

膝の上に乗せたバッグの中に、今回、彼が出演する映画の台本がありました。セリフはすべて頭の中に入っています。さほど多くはなかったからでした。

彼は舞台で活躍してきた俳優で、その力量が買われて、映画の仕事に招《よ》ばれるようになったのです。しかし、舞台ではいずれも主役をつとめているのに、映画では三番手、四番手でした。

「たしか、喫茶店のマスターの役でしたよね」

赤信号で停車したとき、角倉氏はダッシュボードに置かれた撮影現場の地図を確認しました。〈エデン〉という店に赤く印がついています。

「廃業されたそうです」と彼は言いました。「半年ほど前に」

セットは建てず、その店を借りて撮影すると聞いていました。

「店主が高齢で、つづけられなくなったようです」

「そういうお話なんですか?」

角倉氏の早合点に、「いえ」と彼は首を振りました。

「映画の中の話ではなく、その〈エデン〉というお店のご主人がです」

「ああ——高齢で、お店を閉められた?」

「ええ。映画の方の、私が演じるマスターは高齢ではない――と思いますけど」

そこは微妙でした。いつからか、彼にまわってくる役は、舞台においても映画においても、実年齢より上に設定されていました。

「で、今回の設定はおいくつなんですか」

「台本になかったので、自分で五十六歳と決めました」

自ら四つ歳上に決めたのは、

「きわめて私的な理由からです」

と付け加えました。

「もしかして――」

角倉氏は、以前、彼から聞かされた彼の父親の話を思い出しました。

「お父さまの」

「ええ。五十六歳は父が店を閉めた年齢です」

彼は窓の外を見ました。店々が軒をつらねる界隈《かいわい》を過ぎ、小ぢんまりとした住宅が並ぶ郊外の風景に変わりつつありました。

まさに、そのようなところに父の店はあったのです。

「この喫茶店は」

と誰かが迂闊《うかつ》に口にすると、

「いいえ、うちはコーヒーの店です」

と彼の父は訂正したものです。あえて、町なかのにぎわいから距離を置き、ごく小さな「コーヒーの店」を営んでいました。

＊

彼が物心ついたとき、父はすでに「コーヒーの店」のマスターでした。無口で、不器用で、しかし、コーヒーだけはおいしく淹《い》れられるのが取り柄《え》だったのです。

〈三日月〉というのが店の名でしたが、あまりに看板が小さいので、まるで目立ちません。それでも夕方になると、仕事帰りの常連客が一杯のコーヒーをもとめて立ち寄りました。なにしろ、メニューには「コーヒー」しかないのです。ミルクを入れるか否かはお客さま次第でした。

彼が十八歳になったとき、〈三日月〉のカウンターで、はじめて父が淹れてくれたコーヒーを飲みました。折り入って、話したいことがあったのです。

「どうしたんだ？」

父は湯気の立つコーヒーを彼の前にそっと置きました。

「俳優の養成所に通いたいので大学には行きません」

彼はひと息にそう言いました。

父はしばらく店の窓から外を眺めていましたが、

「お前がそうしたいなら、おれはただ応援するだけだ」

そう言って、手もとの作業に戻りました。

はじめて口にした父のコーヒーは、きりっとした苦味を持ち、それまで飲んだことのない深い味わいが体中に染みわたるようでした。いまでも、そのときの感慨が腹の底からよみがえってくることがあるのです。

「話があるんだ」

と父の方から切り出されたのは、彼が舞台俳優として注目を集め出した頃でした。すでに母から聞いていたのですが、住民の代替わりが加速し、常連客の多くが町を離れて、〈三日月〉には、ほとんど客が来なくなっていたのです。

夕方の最もにぎわう時間であったのに、客は一人もなく、父は彼のためだけに、一杯のコーヒーをじっくり時間をかけて淹れてくれました。彼はカウンター席からその一部始終を観察していたのですが、父がコーヒーを淹れる所作のひとつひとつが、ことごとく絵になっていることに驚きました。

以前は、まったく気づかなかったのです。役者の仕事をするようになってから、人のたたずまいや振る舞いといったものが、いちいち気になりました。

「忙しいところ、申し訳ない」

と父は言いました。

「ただ、念のため、訊《き》いておいた方がいいのかな、と思ったんでね」

父は店の窓から外の景色を見ようとしましたが、すでに店のまわりには夕闇が忍び寄り、窓には自分の顔が映っていました。

「今年いっぱいで店を閉めようと思ってる。だけど、もし――もしもだ――もし、お前がこの店を引き継ぎたいなら――」

「いや、それはない」

飲みかけたコーヒーをカウンターに戻し、彼は父の話をさえぎりました。

「そうか」と父は頷き、「それならいいんだ。あくまで、念のための確認だからね」

彼はどうしていいか分からなくなり、手にしていたカップを口に運びました。

以前、飲んだときと同じ、苦味を持った深い味わいのコーヒーでした。

＊

撮影は滞りなく進みました。

じつのところ、彼には胸に秘めた企《たくら》みがあったのです。

ひとつは、自分が演じる喫茶店のマスターを、父に似せてみようという企みでした。父も母も他界しているので、うまく真似たとしても、誰も気づかないのですが、あのとき間近に観察した父の所作が、いまになって役に立ったのです。指導の先生が、「教えることは何もありません」と感嘆したほどでした。

もうひとつは、佐久間朋恵《さくまともえ》との共演です。

これは企みというより、単なるめぐりあわせなのですが、佐久間朋恵は、彼がまだ若くてくすぶっていたときの憧れの俳優でした。いえ、包み隠さず言えば、憧れというより恋心に近く、いつか彼女と共演できたら、という思いが、彼を映画の仕事に引きとめていたのかもしれません。

「脚本にひかれた」というのは決して嘘ではないとしても、必要以上に言い募《つの》ったのは、「佐久間朋恵と共演できるから」という、もうひとつの理由をカモフラージュするためでした。

ただし、共演といっても、ほんの一場面だけなのです。

物語は主役となる男女の行く末を追うものでしたが、紆余曲折《うよきょくせつ》を経た挙句、男が待っている喫茶店に、来るはずのない女があらわれる場面で物語は閉じられます。

そのわずか数分の場面に、店のマスターを演じる彼と、女を演じる佐久間朋恵が同じ画面の中に収まるカットがありました。


その場面の撮影当日、現場へ向かう車の中で、

「これで、夢が叶いますね」

と角倉氏がバックミラー越しに言いました。

(気づいていたのか)

彼は驚きましたが、もしかすると、酒を酌《く》み交《か》わしたときに、打ち明けたことがあったのかもしれません。

彼が考えていることや、考えそうなことを角倉氏はすべてお見通しで、

「この作品を最後に映画の方は引退されるのでしょう?」

不意をつくように、そんなことを言いました。

「夢が叶うのですから、もういいのではないですか」

まわってくる役に、「納得がいきません」と不満を漏らしていたのは、むしろ角倉氏の方で、

「これからは舞台に集中された方がよいかと思います」

いつになく強い口調でした。

「そうですね」

胸に秘めた企みの、それが三つ目で、

「お察しのとおり、今回が最後の映画になるかと思います」

彼はシートベルトの位置を直して目を閉じました。

ところが、それだけでは済まされなかったのです。

撮影が無事終了したとき、監督が、

「どうでしたか?」

と社交辞令で彼に訊いてきました。

「とてもいい喫茶店でした」

彼はそう答えましたが、それは社交辞令ではないありのままの思いで、廃業となった〈エデン〉という店が、父の営んでいた〈三日月〉と、(じつによく似ている)と演じながら何度も感じ入っていたのです。

「あまりにいい店なので、役者を辞めて、このままこの店のマスターになろうと思います」

監督のみならず、その場に居合わせた数名のスタッフは彼の言葉を冗談と受けとめて一斉に笑ったのですが、やはりその場に居合わせた角倉氏だけは、

(そういうことでしたか)

と喜怒哀楽が入り混じった複雑な表情になりました。

「じつは、ひそかに手続きを進めていまして――」

彼は私服に戻らず、マスター役の衣装のままでした。

「店のオーナーに交渉しまして、譲っていただくことになったのです」

笑いが鎮まりました。

店の窓から見える外の景色は、夕闇が訪れるまでまだ間があるようでした。

駄目なロボット・オーケストラ

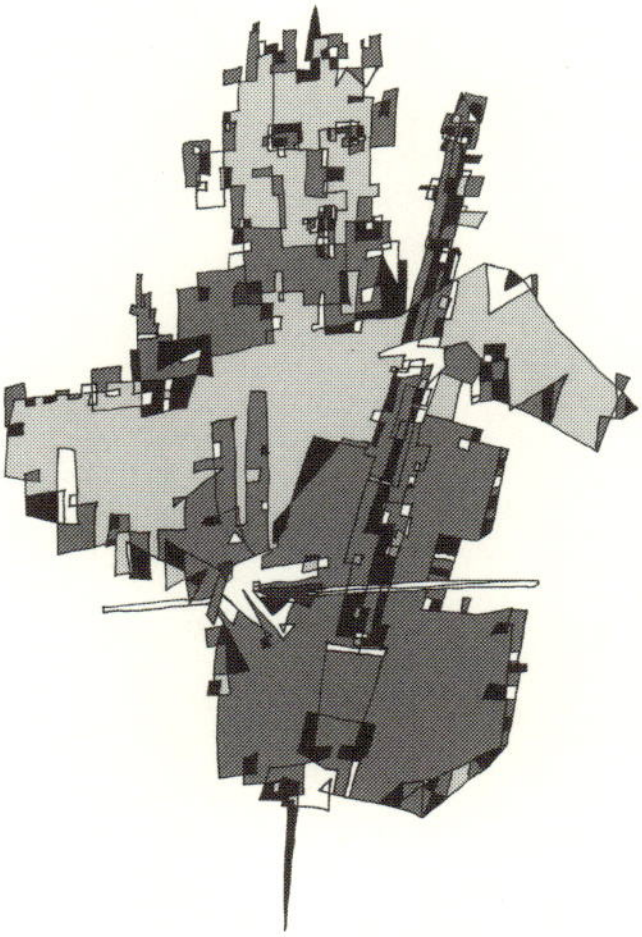

胸ポケットにしまっていたモールス・フォンのアラームが鳴り、カナコは、(ついにそのときが来た)と確信しました。アラームは滅多《めった》に鳴りませんし、どことなく、鳴り方に特別な感じがあったのです。

作業室の監督に十五分の休憩を申し出て、休憩所の隅でモールス・フォンの暗号をプリントしました。胸に手をあてて逸《はや》る気持ちをおさえ、ドリンク・マシーンからコーヒーを一杯抽出すると、ひと口飲んで息を整えました。

(さぁ、いよいよ——)

プリントされた暗号を翻訳機にかけて読み込むと、

「弟様の〈魂〉が見つかりました」

待ち望んでいたメッセージが光文字で浮かびました。

「〈駄目なロボット・オーケストラ〉のミセス・マーガレットを訪ねてください」

(駄目なロボット・オーケストラ?)

休憩室の曇りガラスを通した日ざしが、カナコの華奢《きゃしゃ》な体をやわらかく包んでいました。

このときのために保留していた二日間の有給休暇を取り、カナコは旅行鞄《かばん》ひとつで特別急行列車に乗りました。窓ぎわのシートに深々と身を沈め、手にした切符を確かめて息をつきました。

行き先は〈バロム〉です。

そこは、世界中に名を馳せた「素晴らしいロボット」の生産工場が並ぶファクトリー・エリアで、缶詰工場で働いているカナコには、まるで縁のないところでした。

しかし、そこに弟の〈魂〉が「ある」とソエコが突きとめてくれたのです。特筆すべきは、調査部のベテラン・オペレーターであるソエコの報告が、憶測ではなく、「ある」という断言であったことです。

故人が生存中に寄贈した〈魂〉の所在を探す者は、報道によると、毎年五万人にものぼるとか。しかし、見つけ出すことができたケースは、片手で数えるほどしかありません。

〈バロム〉は地図上で確認しても、容易に把握できないほど広大なエリアでした。そのあらかたが、「素晴らしいロボット」の生産工場に充《あ》てられ、わずかに残された余剰地に、〈検体所〉が設けられていました。

「〈検体所〉？」

〈バロム〉の総合案内所で、カナコは窓口のガイド・ロボットからエリア内の地図を受けとりました。

「はい。お探しの〈駄目なロボット・オーケストラ〉は、〈検体所〉の所長であるミセス・マーガレットが結成した楽団です」

ガイドによると、〈バロム〉で作られたロボットは、「あまりに精緻《せいち》であるがゆえに、限りなく完全に近い不完全なものが作られてしまう」とのこと。

「それらの不完全なロボット――ここでは、明確に『駄目なロボット』と呼んでおりますが、それらを取り仕切っているのが、マーガレットであります」

カナコはにわかに悲しくなりました。

弟は優秀な学生だったのです。将来を期待されていました。とても優しい子で、それで彼は、自分の〈魂〉をロボット生産の要《かなめ》である〈ソウル・バンク〉に提供したのです。家族には内緒で、父も母も妹も知りませんでした。

「弟さんは、二年前に〈魂〉をバンクしました」

検視医の説明で初めて明らかになったのです。

「どちらへ献じられたのでしょう？」

「それは、こちらでは分かりかねます。バンクに関するデータは永久非公開になっていますので」

まさにそのデータを、親友のソエコが、

「いい？　秘密の秘密の秘密の秘密よ」

と探し出してくれたわけです。

＊

「マーガレットさんにお会いしたいのですが」

カナコが〈検体所〉のロボット・ボーイに申し出ると、ボーイはカナコのＩＤパス

を瞬時に読みとり、

「どうぞ、こちらへ」

と長い廊下を案内してくれました。

静かで、ほの暗くて、どこまでも終わりがないような長い廊下。その突き当たりに、〈練習室〉とそっけないプレートが掲げられたドアがありました。

「どうぞ、中へ」

ボーイに導かれて中に入ると、

「ねぇ、よく聞いて」

透きとおったきれいな女性の声が部屋の中に響き渡りました。その声の主こそ、「所長のマーガレットさんです」とボーイが教えてくれました。

「みんな、がっかりしなくていいの」

マーガレットが、「駄目」とみなされたロボットを見渡して言いました。数えてみると、同じ色の同じような形をしたロボットが十七名、マーガレットの話に耳を――耳と思われるパーツを傾けていました。

『駄目』というのは、あくまで手続き上の問題であってね、あなたたちが『駄目なロボット』というわけではないの」

「でも――」

一名のロボットが手を挙げました。

「でも、あれですよね、なんというか、なにかしら欠陥というか、駄目なところがあるんですよね？」

「それはまぁ、そうなんだけど、あなたたちがロボットとして通常の活動をしていくことには何の支障もないの。それにね、仮になんらかの欠陥があったとしても、それはこちらの落度であって、あなたたちには何の問題もないんです」

「でも――」

別のロボットが手を挙げました。

「あれですよね、なんというか、『駄目じゃないロボット』っていうのもいるわけですよね」

「それはそう」

マーガレットは包み隠さず答えました。

「でも、そんなことは気にしなくていいの。あなたの言う『駄目じゃないロボット』には別の問題があって、彼らは、わたしたち人間より優位に立とうとするの。だから、すぐに嫌われてしまう。ロボットのくせに、と罵《ののし》られて。いまや、返品率は五十六パーセントよ」

「でも――」

「ねぇ、聞いて」

マーガレットは声を大きくしました。

「このあいだも言ったとおり、わたしはこのオーケストラを成功させたいの。あなたたちが、ひとつも駄目じゃないってことを世界中に証明したい」

「でも――」

また一名のロボットが手を挙げました。

「でも、楽団の名前は〈駄目なロボット・オーケストラ〉なんですよね？」

「そう。わたしはとても気に入ってる。少なくとも、〈完璧なロボット・オーケストラ〉より聴いてみたくなるもの」

「それはしかし、どうしてなんでしょう――」

一名のロボットが極小ボイスでつぶやきました。

「そうね」

マーガレットはつぶやきを聞き逃しませんでした。

「きっと、駄目なロボットの方に親しみを感じるのよ。わたしたち人間には駄目なところがいっぱいあるから。完璧なロボットと対峙《たいじ》して、ようやく分かったの。この先、求められるのは、あなたたちの方だって」

カナコは目の前で起きていることを、少しずつ理解しつつありました。

ここに招集されたロボットは、検体によってはじき出された「駄目なロボット」で、ミセス・マーガレットは彼らを指揮して、十七人編成の楽団を結成したのです。「完璧なロボット」ではなく、「駄目」とみなされたロボットの能力を精査し、本当の「素晴らしいロボット」を開発しようとしているのです。

つまり、完璧ではない「駄目なロボット」こそが、人間にはちょうどよいと判明したわけです。

オーケストラの面々は、皆それぞれ楽器を携えていました。おそらく、何度目かの練習なのでしょうが、練習のたびに、ロボットたちは自らの存在意義をマーガレットに問い質しているようでした。

彼らは皆、一様に不安げな様子でしたが、

「では、始めましょう」

マーガレットが指揮棒を振り上げると、途端に居住まいを正し、指揮棒の動きに従って、バイオリンやフルートやチェロといった楽器を構えて演奏を始めました。

カナコは目を見張りました。

始まった瞬間、とても十七名による演奏とは思えない濃密な音のかたまりに襲われたのです。なんと言ったらいいのでしょう。力強くも哀しく、明快にして複雑な和音と旋律でした。

カナコは十七名の奏者を右から順にじっくり見ていきました。この中に弟が――もとい、弟の魂が注入されたロボットがいるのです。

しかし。しかしです――。

楽器こそ、さまざまな形や色のものを手にしていましたが、彼らの筐体《きょうたい》は同じ色の同じような込み入ったパーツが組み込まれたもので、これといった個性は感じられず、右から二番目と左から五番目が入れ替わったとしても、まったく気づかないだろうと思われました。

しかし。しかしです――。

演奏が始まって五分ほど経過したところで、曲調が大きく変わり、全体の音が静まりかえったところへ、チェロ奏者による独奏が始まりました。

そのまろやかな音色が耳から胸の真ん中まで届いたとき、すさまじい速度で時間が巻き戻され、弟と二人、台所で両親の帰りを待っていた夕方のひとときが脳裏に映し出されました。窓の外に、ぽきりと折れてしまうような細い月が見えています。

なぜ、そんな記憶がよみがえったのか、カナコには見当もつきません。しかし、そのチェロの音色と旋律は、あたかも音のひとつひとつが記憶そのものであるかのようでした。

およそ十五分にわたる演奏が終わり、

「では、休憩です」

となったとき、カナコがマーガレットに歩み寄ると、

「あなたがここにいらっしゃった理由は、案内所から連絡があって、察しはついています」

事情を説明する前にマーガレットは言いました。

「でも、わたしは何も聞かなかったことにしましょう。あなたの探しているものが、ここにあると確信するためには、おそらく、非合法な手段を使わなくてはならないはずですから」

「もし、できましたら」とカナコは急いで言いました。「チェロ奏者のロボットさんに――」

「分かりました」

マーガレットがカナコを〈練習室〉のバックヤードに案内すると、そこには、見た

ことのない古めかしい楽器や、おびただしい数の楽譜の束が壁ぎわの棚にきちんと整理されて並んでいました。

「ここで待っていて」

静かな部屋でした。まったく、世界から切り離されたように静かなのです。

しばらくすると、ドアをノックする音が響き、チェロを抱えた一名のロボットが、

「失礼いたします」

と丁寧にお辞儀をして入ってきました。

マーガレットが用意してくれたふたつの椅子に、カナコとチェロ奏者のロボットは、わずかな距離を置いて座りました。ロボットは隅々まで曇りなく磨かれ、透明な水晶を思わせる瞳でカナコの目を見つめていました。

その部屋には窓がひとつきりしかありません。しかし、夕方にさしかかった西陽《にしび》が、ちょうどふたつの椅子に届き、カナコはそのあたたかさに目を細めました。

ロボットもまた、そっくり同じように目を細めると、胸に抱いていたチェロを抱えなおして、カナコに笑いかけました。

名前のない仔犬

その日、ユリはときおり立ち寄るペットショップのショーウインドウにあきらかな異変を感じました。どういうものか、ある一カ所だけ、雲間から覗《のぞ》いたやわらかな光が射しているように見えたのです。

近づいてみると、そこにいたのは、お披露目されたばかりのブルドッグの仔犬《こいぬ》で、焦茶色《こげちゃ》と白による模様が、月とコーヒーのように彼の——雄でした——小さな体をいろどっているのでした。白のくっきりした鮮やかさもじつに見事でしたが、焦茶色の複雑な奥深さは、そうそう見られるものではありません。

ユリは商店街の端に店を構える絵具屋の娘でしたから、色については子供の頃から少々うるさいのです。ですが、ユリの心をとらえたのは彼の哀しげな目でした。

「ああ、お姉さん」

彼はユリの顔を上目づかいに見つめながら訴えてきました。

「お姉さんは、きっと優しい人間なのでしょう」

ユリはたしかに「お姉さん」と呼ばれてしかるべき年齢になっていました。しかし、「優しい人間」であるかどうかは分かりません。そうなりたいとは常々思っているのですが、自分でも手に負えない怒りが、しばしば湧き起こってしまうのです。

「わたしはね」とユリは仔犬に答えました。「わたしはまだ『優しい人間』になるための修業中なの」

「そうでしたか」

仔犬は少しばかり肩を落としたように見えました。といって、どこが肩なのか見当もつかないのですが。

「お姉さんは――」

「ユリよ」と彼女は名乗りました。「わたしの名前はユリ」

「ユリさんですか。なんとよいお名前でしょう。よいお名前というのは、よい人がよい人のためにつけたものに違いありません」

「名づけたのは、わたしの父なの」

「では、きっとお父さまが立派なよい人なのでしょう」

仔犬はその店のすべての犬や猫と同じ小さなケージに入れられていました。ケージの片側は店の中に面し、もう片方は街路に面したショーウインドウに接しています。

そちらにはケージの網がなく、ガラス一枚の隔たりで仔犬と対話が出来ました。

「よい名前のユリさんと、よい名前を授けたお父上」

ブルドッグは哀しげな目で言いました。

「残念ながら、ぼくにはまだ名前がありません。名前がないというのは、なんと切ないことでしょう。そればかりか、ぼくにはこの仮住まいの居場所しかないのです」

「分かってる」とユリは応えました。「わたしが、しっかりお給料をいただける仕事に就いていれば、いますぐ君を連れて帰ったのに。わたしね――」

ユリは喉がつかえたように口ごもりました。

「わたし、決まったばかりの仕事を、たったひと月でクビになってしまったの。どうしてかと言うとね――」

「怒りをおさえられなかったのでしょう?」

「そうなの。どうして君はそんなことが分かるの?」

「人間は皆、怒りを持った生きものなのだと母から教わりました。別れぎわに母がそう言ったのです。『だから、いい? 決して人間を怒らせちゃいけないよ』って」

「大丈夫」

ユリは自分の胸に手をあてました。

「わたしが君に怒りを覚えることは絶対にないから。わたし、分かってるの。人はいつでも人に怒ってるんだって。空や雨や風や犬には怒ったりしない。わたしの怒りがふつふつと沸き起こってくるのもね、すべて人間に対してなの」

「それはまた、どうしてなんでしょう」

「そうね――」

ユリは目を閉じて考えました。

「たぶん、人は誰とでも仲良くなりたいんだと思う。本当はね。でも、どうしてかうまくいかないの。それが、とってももどかしくて、どうしてなの？　って、疑問がどんどん大きくなって、いつのまにか怒りになってしまうみたい」

仔犬はユリの話を聞き逃すまいと真剣に聞いておりました。しかし、もともと哀しげな困ったような顔をしていたのが、さらに助長され、いまにも泣き出しそうな顔になっていました。

「泣かないで」とユリは言いました。しかし、それ以上の言葉を仔犬に伝えることが出来なかったのです。

「また、明日ね」

思いを言葉に置き換えられないまま仔犬に背を向け、それがまた自分への怒りとなって、ユリは足早に商店街を歩きました。

花屋からいきいきとした香りが漂ってユリをなぐさめ、洋菓子屋の前を通ると、うっとりするような甘い匂いがしました。文房具屋の前はいつもどおりしんとしていて、靴屋の主人は雨が降り出しそうな空を睨みながら店先に長靴を並べていました。

「ただいま」

絵具屋に帰り着くと、

「ああ」——父はいつものように無愛想にユリを迎えました。「どうだ、仕事は見つかったか」

「いいえ」とユリもまた無愛想に答えました。二人きりで暮らしてきたせいでしょうか、父と娘は性格だけではなく、顔つきまでよく似ているのです。

「あのね」

ユリは思いきって打ち明けました。

「商店街のペットショップで、すごく賢い仔犬を――」

「駄目だ」

父はユリの話を最後まで聞かずに首を振りました。

「わずかひと月の会社勤めが出来なかったお前に、犬など育てられるわけがない」

一理ありました。ユリは口を閉ざし、店の絵具を物色すると、ありとあらゆる色を揃えた棚の中から、きっぱりとした白色と複雑で深みのある焦茶色を選びました。

「これをください」と父に代金を渡し、それきり自室に閉じこもったのです。

子供の頃からの習わしで、どうしても手に入れられないものがあったときは、その姿かたちを思い浮かべて絵に描きました。たとえば、ドイツ製のコンパスとか、すごくきれいに焼けるトースターとか、黄金色に濾《こ》された瓶入りの林檎《りんご》ジュースとか。

ユリは絵筆を握り、名前のない仔犬の絵を白と焦茶色のふたつの絵具で描きました。

上等な紙が見当たらなかったので、破りとったばかりの先月のカレンダーの裏に描きました。

これが自分でもニヤけてしまうほど上手く描け、晩御飯を終えた食卓で、「ほら」と父に見せたのです。すると、父は一瞥《いちべつ》するなり、わずかに顎《あご》を上げ、

「さっきも言ったろう？　犬が可哀想なことになるだけだ」

すぐに絵から目を逸らしました。

次の日もユリは職業斡旋《あっせん》所の帰りに寄り道をし、件《くだん》の仔犬とガラス越しに言葉を交わしました。

「ああ、ユリさん――」

「ごめんね」

ユリは「父親のこと」「絵を描いたこと」、そして今日もまた「仕事が決まらなかったこと」を、ところどころ声を詰まらせて話しました。

「仕事さえ見つかれば、家を出て一人で暮らせるかもしれない。そうしたら、真っ先

に君を連れて帰れる。君が望んでいる名前と居場所を一遍に叶えてあげられる」

「ああ――」

と名前のない仔犬は言いました。

「どうか無理をなさらないでください。僕のような小さな犬のために、ユリさんが苦しい思いをするのはいけません」

「いえ、苦しいってことはないんだけど――」

じつを言うと、その日、斡旋所へ出向いたら、

「あなたにちょうどいい仕事がありました」

窓口の青年が書類の角を揃えてユリに差し出したのです。

「棺桶《かんおけ》をつくる職人が助手を探しています」

窓口の青年は子供に昔話をするときの口調になりました。

「とても美しい棺桶をつくる方です。野口《のぐち》さんといいます。もし、興味を持たれたら、この書類にある住所を訪ねてください」

「ありがとうございます」

ユリはそう答えたものの、「棺桶」という言葉に抵抗がありました。

（わたしにはとても無理。父もきっとそう言うに決まってる）

「どうか無理をなさらないでください」

仔犬は念を押すようにそう言いましたが、いよいよ途方に暮れたように困り果てた顔になっていました。


次の日――。

ユリは靴箱の中から「ひと月で辞めた会社の入社式に履いた革靴」を取り出し、いかにも頼りない自分の足を、右、左とその中におさめました。窓口の青年から受けとった書類をポケットにひそませ、野口さんというその棺桶職人の工房を訪ねてみることにしたのです。

地図で確認すると、工房は街はずれの墓地の向こうに位置し、ずいぶんと遠まわりをしなくてはなりません。近道を選ぶとすれば、墓地を貫く小径《こみち》ということになりますが、ユリは一度としてその小径を歩いたことがありませんでした。想像しただけで身がすくんでしまうからです。

迷わず、遠まわりをしました。履き慣れていない靴がユリの小さな足を締めつけ、すぐに靴ずれが出来て、一歩一歩が苦行となりました。

その道のりの、なんと遠かったことか。

ようやく地図に赤丸をつけた住所に辿り着くと、待ち受けていたのは、大風にあおられたら、すぐに飛んで行ってしまいそうなトタン板に覆われた小屋でした。

「野口」とそっけなく表札が掲げられています。

ユリは深呼吸をひとつし、ガラガラッと戸を開けて名乗り出ると、あらかじめ電話を入れて訪問を予告していたからでしょう、小屋の主《あるじ》である野口さんは、

「ようこそ、いらっしゃい」

と快く迎え入れてくれました。

工房では、いままさに新しい棺桶がつくられているところで、いかにも新鮮な木の香りがしました。野口さんは黒縁の眼鏡をかけた哲学者のような風貌で、

「この世でいちばん大切なものをおさめる箱です」

静かにそう言いました。

ユリは（ああ）と仔犬のように声を上げそうになり、

（本当にそのとおりだ。どうして自分はこんなにも麗《うるわ》しく清々《すがすが》しいものに恐れを抱いていたのだろう）

身も心も裏返しにされたような心地になりました。

（はたして、これ以上の仕事があるだろうか）

清々しく自分に問いかけ、清々しく自分に首を振りました。


工房をあとにしたユリは墓地を貫く小径を歩いて街なかに戻りました。身も心も裏返しになり——いえ、そうではなく、裏返しに着ていたシャツを正しく着なおしたら、なぜ、自分はいままで墓地を恐れていたのか、すっかり分からなくなりました。

（ああ、哀しい目をした仔犬。わたし、仕事を見つけたの。だから、君に名前をつけて一緒に暮らそう）

しかし——ああ、なんと——ガラス一枚の隔たりの中に仔犬の姿がありません。

「ああ、あのブルドッグですか」

ペットショップの店員が肩をすくめました。

「たったいま売れてしまいました。購入されたのは年配のお客様でしたが、あの仔犬にひと目惚れをしてしまったそうです」

「そうですか——」

ユリが空になったケージを見つめて呆然としていると、「あれ?」と店員が首を傾げました。

「不思議ですね」

「不思議?」

とユリもまた首を傾げると、

「ええ。そのお客様とあなたの横顔」

店員は首を傾げたまま微笑しました。

「まるで、親子のようにそっくりです」

レイン・キャンディ

最初に覚えた言葉は「あめ」でした。

「ふたつの意味があるのよ」とトキさんが教えてくれたのです。

トキさんは旧市街の横丁で卵のサンドイッチをつくって、小さな店を営んでいます。

「ゆで卵の殻をむくのが、わたしの仕事」と彼女は言います。「ひとつひとつ、丁寧に丁寧にね」

僕はよその街からここへ来て、旧市街の言葉をトキさんから学びました。

「レインの『あめ』とキャンディの『あめ』とふたつあるの」

トキさんの説明を聞くなり、空からキャンディが降ってくる幻を見ました。

僕はもう長いこと、幻を見てしまうおかしな病気を患《わずら》っています。ゆで卵の殻をむく仕事を手伝いながら、トキさんに打ち明けると、

「それって、どんな味？」

キャンディの形や色ではなく、それがどんな味なのか、トキさんはまずそこが気になるようでした。僕は頭の中の幻に目を凝らし、

「甘苦い味です」

と答えると、トキさんは殻をむく手を止め、作業室の窓から街路を行き交う人々を眺めました。

「あまにがい？　そんな言葉、あったっけ？」

「子供の頃に飲まされた風邪薬が甘苦いシロップでした」

「ああ、あれね」

トキさんもあのシロップを知っているようでした。おかしなものです。僕とトキさんは手紙が届くのに三週間はかかるような遠く離れたところで生まれ育ったのに、同じ味のあの甘苦いシロップを飲んでいたのです。

「あれはわたしにとって春の味かな」

トキさんは遠い所を見る目になりました。

「わたしは春になると必ず風邪をひいてしまうの。なぜかしらね。だから、春になるとあの味を思い出す。あの味を思い出すと、あたたかい春の風がよみがえる」

春がよみがえるキャンディ、というのは悪くありません。そんなものを屋台で売り出したら、少しは売れるでしょうか——。

僕は五つの仕事をかけもちすることで、かろうじて生き延びています。

1　牛乳配達

2　坂の途中の本屋の店番

3　低予算映画のエキストラ

4　りんご売りの屋台

そして、

5　ゆで卵の殻むきの手伝い

といっても、毎日通っているのは牛乳配達とトキさんの店だけなので、あと二つは仕事をしたいし、いずれは、雇われるのではなく自分の店を持つのが夢なのです。

夢と言えば、僕にはもうひとつ夢があり、それはこの街の話をまとめた本をつくって出版することです。

「この街の話」というのは、僕が旧市街の言葉を覚えながら、街の人たちから聞いた昔の話で、長い歴史を持つこの街では、街の人々それぞれが、誰かから聞いた昔のあれこれを胸の中にしまい込んでいるのです。僕は古い引き出しから、それらの記憶を取り出すように皆の話を聞いてまわりました。

たとえば、空から墜《お》ちてきたという羽を持った男の傷を手当てした話とか、夜中の誰もいない旧市街を一頭の虎がゆっくり歩きまわっているのを見た話とか、自分の体から分離した「もうひとりの自分」が長い旅をして帰ってきた——というような話です。それらが僕の胸の中の引き出しにたまってきたので、どうにかして一冊の本にまとめてみたいのです。

「すごくいいことじゃないか。完成したら、うちの店で売り出せばいい」

坂の途中の本屋の店主がそう言ってくれたのですが、本を出版するためには、厳しい検閲を受けなくてはなりません。分かりやすく言いなおすと、検閲官の許可が下りなければ、旧市街で本を書いて発表することは断じて許されないのです。

原稿用紙が買えないので、使い古したカレンダーの裏にボールペンで文字を埋め込んでいくように、皆さんから聞いたお話を書き起こしました。と同時に、新しく出会った人たちから、さらにお話を聞いているので、書いても書いても胸の中の引き出しにたまった話は一向に減りません。むしろ、膨れ上がるばかりです。

なので、意を決して検閲官の面接を受けることにしました。とりあえず、三年分のカレンダーの裏に書き込んだ原稿を検閲してもらおうと思ったのです。

天気のいい、しかし、非常に寒い日でした。

一張羅《いっちょうら》の黒いコートを着てカレンダーを抱え、検閲官のいる庁舎へ出向くと、庁舎の上にひろがった晴天に白い半月がぼんやりと浮かんでいました。

＊

僕の担当をしてくれた検閲官はハルタさんといって、年齢はおそらく僕の父に近いでしょう。贅肉というものが感じられない人で、顔の皮膚からして非常に薄く、薄い皮膚で覆われた顔の中心に妙に高い鼻がつくりもののように備わっていました。

「これは、あなたが書いたのですか」

ハルタさんは静けさを孕《はら》んだ低い声で言いました。

「はい。僕が書いたのですが、お話自体は街の皆さんから聞いたものです」

「なるほど」

ハルタさんは僕と彼とのあいだに置かれた大きな机の上にカレンダーをひろげ、真鍮《しんちゅう》の縁どりがあるルーペでボールペンの細かい文字を丹念に見ていました。

検閲室には天窓があり、青い空と半月が四角く切り取られています。

「ですから」と僕は補足しました。「文字に起こしたのは僕ですが、実際の語り手は街の人たちということになります。それも、いま生きている人たちというより、すでにもう、この世にいない人たちのお話です」

「なるほど」

ハルタさんは決して笑いません。微笑どころか、苦笑すら見せないのです。

「ここに書かれていることは、すべて真実でしょうか」

ハルタさんは僕の目をまっすぐに見て言いました。

「真実――ですか?」

「私どもが検閲させていただく一番のポイントは、その一点なのです。真実であるか否か。もし、わずかばかりであっても虚偽とみなされる事柄が書かれているのであれば、この原稿を本にすることは出来ません」

「ちょっと待ってください。その真実というのはどのような意味においてですか」

「そうですね——ここに集められたお話に則して申し上げれば、これらが実際にこの街で起きたことなのかどうかです」

「僕としては、そのつもりで書き起こしました」

「そうですか」

ハルタさんはしばらく沈黙を保ってから言いました。

「いずれにしましても、こちらはお預かりして精読させていただきましょう。ご足労ですが、一週間後にまたいらして下さい」

＊

一週間が忙しく過ぎました。思いがけず、エキストラの仕事とりんご売りの依頼があり、それらの仕事に臨んでいるあいだも、僕はカレンダーの裏に書きとめたお話が

「真実」と呼んでしかるべきものか否かと考えていました。

いくつか荒唐無稽ともとれるお話があるのは確かです。でも、それらの話を僕に語ってくれた人たちは、皆、誠実そうで、とても虚偽とみなされる事柄を話しているようには見えませんでした。なにより、皆さんがこの街を心から愛しているのが伝わってきて、お話と街への想いが分かち難くひとつのものになっていたのです。

いったい、それ以上の真実があるでしょうか。僕が伝えたいのは、きっとそのようなことです。

とはいえ、厳しい検閲に耐えうるものか、怪しいところもあるにはあるのです。

僕が最も危ぶんでいたのは、デンにまつわるいくつかの話でした。

何人かの老人が話してくれたのです。

「デンは少年時代に雷に打たれて死にかかったんだ。意識を失って目を覚ましたら、神の子になっていた。誰よりも力強く優しい子になったんだよ」

「デンは街の危機を二度救った。一度は隕石の落下で街が燃えたとき、二度目は教会の大火事のときだ。デンは自ら火の中に身を投じて何人もの命を救ったんだよ」

「デンはようするに不死身なのさ。神の申し子だからね」

はたして、このようなお話をハルタさんがどう読むか――。

「そんなわけがありません。これは真実に反します」と、あの薄い皮膚をぴりぴりさせて口を歪ませるに決まっています。

いささか重い足どりで庁舎に出向き、シャツの第一ボタンを留めてから検閲室のドアをノックしました。

「どうぞ」の声にドアを開けると、思いがけず部屋の中にコーヒーの香りが漂っていて、よく見ると、部屋の隅に置かれた作業台の上にコーヒーを淹れるための道具が揃っていました。

「どうぞ、おかけください」

僕とハルタさんは、いまふたたび大きなテーブルを挟んで向き合い、テーブルの上には僕が持ち込んだ三年分のカレンダーが角をきちっと揃えて置いてありました。

「すべて読ませていただきました」

ハルタさんは相変わらずにこりともしません。僕は目を伏せ、子供の頃、いたずらが見つかったときのことを思い出しました。

「おおむね、よろしいかと思います」

ハルタさんはそう言いました。たしかにそう言ったのです。僕は伏せていた目を見ひらき、ハルタさんの顔をまじまじと見ました。少しも笑ってはいません。

「ただ、一点だけ検討していただきたいお話があるのです」

天窓から降り注ぐ光がカレンダーを照らしていました。

「デンについてです」

（やはり）と僕は体が強張《こわば》りました。ハルタさんはまったく表情を変えることなく、

「デンは私の母方の曾祖父です」

そう言って机の上の両手を開きました。

「ですから、私も子供の頃から母に聞かされていました。曾祖父が皆から『神の子』と呼ばれ、火の中から人々を救ったり、土砂崩れによって道をふさいだ巨大な岩石を自慢の怪力で粉砕してみせたとか」

ハルタさんは天窓を見上げました。

「ひとつも信じられませんでした。母は身内びいきで話をでっち上げ、曾祖父を祭りあげるために嘘をついているのだと。しかし、あなたが集めた街の人々の話を読み、そうではなかったのだと知りました。ここに書かれているものの中には、母から聞いていない話がいくつもあります。ただし――」

ハルタさんは立ち上がると、作業台からコーヒーポットを取り上げ、カップをふたつ手にして戻ってきました。

「ただし、ここに書かれていないデンの活躍は、まだまだ沢山あるのです」

ふたつのカップにコーヒーを注ぎ、ひとつを僕の前に丁寧に差し出しました。

「話せば長くなりますけどね――」

ココとQと小さな音楽

ココが所属しているサーカス団には、〈スフィンクス〉という人気演目がありました。獣の顔を持った賢い女のひとが観客の疑問や質問に次々と答えてみせる出し物です。種も仕掛けもありません。すなわち、〈スフィンクス〉を演じる女性は、生まれながらにたてがみを備えた優しい獅子の顔を持ち、およそ、この世の誰よりも優れた頭脳を誇っているのでした。

「ありがとう、ココ」

と彼女は、常々、ココにお礼を述べるのでした。

「あなたのおかげで、ワタシ、とっても幸せよ――」

ココは子供のころ――小さな女の子であったころから、彼女と親しんでいました。

ココは歌うことが何より得意で、歌うばかりでなく、子供用の小さなピアノを弾いて、自分だけの「小さな音楽」をつくることができました。

「小さな音楽」というのは、ココが自ら名づけたものですが、少ない楽器と質素な旋律によるごく短い楽曲を、クッキーを焼くよりも容易《たやす》くこしらえてみせるのです。

「大きな音楽をつくるのは、わたしには無理」

ココはたびたびそう言いました。

「だけど、小さな音楽なら、いくらでもつくれるの」

ココは小さな女の子であったころ、町はずれにあるアパートの三階に両親と暮らしていました。父親はバスの運転手で、母親はサンドイッチにバターやジャムを塗る仕事をしていました。ですから、ココはいつも一人きりで友達もなく、一人でできることはなんだろうと考えて、ピアノを弾き始めたのです。

友達はいなかったのですが、幾人かの大人たちが、ココのつくった曲を、「まったく大したものだ」と認めて拍手をしてくれました。それでココは、両親には内緒で大人たちが集まるコーヒー・バーへ出向き、備えつけの立派なピアノを弾いて、つくりたての「小さな音楽」を披露していたのです。

ココが「小さな音楽」を奏でると、店に集まった大人たちは息をひそめて目を閉じました。皆、じっと耳を澄まして聴いてくれます。大人たちは皆、（心が洗われるとはこのことか）とココのつくり出した音楽によって、しんみりしていました。

ところがです。ある日、突然、ココはあたらしい曲をつくれなくなったのです。

理由は分かりません。

「わたし、どうしたのかしら」と大人たちに打ち明けると、

「スランプというヤツさ」と、船乗りの男が言いました。

「そういうときもあるよ」と果物屋の店主が言いました。

「肩を落としてはならんぞ。スランプを乗りこえたときに、次の扉を開けることができるんだから」とアパートの二階に住んでいる詩人の先生が言いました。

「ココはこれから、そんな扉を何度も開けていくことになるんだ」

コーヒー・バーの店主がそう言い、とびきり美味しくて、とびきり苦い、大人が飲むコーヒーをココに差し出しました。

「いいかい？　そのコーヒーを持ってQに会いに行ったらいい」

「Q？」

「Qはなんでも答えてくれる神様のような女のひとだ。町はずれの白い家にいる。窓辺で、そのコーヒーの香りをふりまくといい。Qはコーヒーがなによりの好物だから

ね、窓を開けて、ココの話し相手になってくれる。どうしたら、また曲をつくれるようになるか、この世でいちばん正しい答えをココに授けてくれる」

言われたとおりにしました。ココは店主から受けとった皿付きのコーヒーを一滴もこぼさないよう大事に両手で持ち、そうっとそうっと――しかし、コーヒーが冷めないように急ぎ足にもなって――町はずれの白い家を目指しました。

白い家のことは知っていました。「あの家に近づいちゃいけないよ」と母に釘を刺されていたからです。

コーヒーを運びながら空を見上げました。

夜が始まる頃合いで、父と母が仕事を終えてアパートに戻ってくるまで、そんなに時間はありません。ココは綱渡りのロープを渡る心地で白い家へ向かう一本道を行きました。細い細い、いまにも消え入りそうな月が出ていて、ココは次第に心細くなり、自分の気持ちと、あの空の月はそっくり同じだと思いました。

どれほどの時間がかかったでしょう――。

ようやく、白い家が見えてきたとき、かろうじてカップからコーヒーの湯気が上っていました。まだ温かくて香りもしっかりあります。

（コーヒーの香りをふりまくといい、と店主さんは言っていたけれど、さて、どうすればいいのかしら）

小さなココは戸惑いましたが、すぐに答えが出ました。

というより、答えが出る前に白い家の窓が開き、その窓から優しい獅子の顔をした女のひとが、ゆっくりゆっくりせり出してきたのです。しきりに鼻をひくひくさせ、

「ありがとう。いい香りだね。嬉しいよ」

ココに話しかけてきました。

「今夜はいい夜だ。こんなにいい香りのコーヒーをいただけるなんて」

「はじめまして」とココは挨拶をしました。「わたしはココといいます。失礼ですが、あなたはQでしょうか」

すると、窓から顔を突き出したそのひとは、

「そのとおり、ワタシがQだよ。君はココ。素晴らしい香りのコーヒーをワタシのためにそうっとそうっと持ってきてくれた」

ココは窓のすぐそばまで行って、Qにコーヒーを手渡しました。

「わたし、悩みがあって——曲をつくれなくなってしまったんです。ついこないだまでは、するすると頭の中に音楽が出来上がったのに、急に頭の中が空っぽになってしまったみたいで」

「あわてることはないよ」

Qはコーヒーを飲みながら言いました。

「ココは生きているでしょう？　生きているってことは、ココのまわりでいろんなものが動いているってことなの。ココもね、いろんなものと一緒に動いてる。みんな動いているのよ。その動いているものを感じて、感じるままを曲にしたらいい。どう？いま、ココは何を感じてる？」

「空にある細い細い月と胸の中にある心細い気持ちは、すごく似てるって思います」

「それよ」

Qはコーヒーをすすりながら言いました。

「それをそのまま音楽にするの。いい？　そんなふうに、どうしていいか分からない心細い気持ちになったら、しめたものなの。その心細さを音楽にすればいい。ね？そのうち月が消えて、どうしようもなく泣きたくなったら、そのどうしようもない思いを音楽にするの。とりつくろったり、嘘をついたりしては駄目。思ったとおりを、音にうつしとればいい」

「分かりました」

ココは自分がとても素直でまっすぐな思いになっていることに気づきました。このところ、その思いを忘れていたのです。大人たちに褒められてからというもの、どうしたら大人たちに喜んでもらえるか、そればかり考えていたのです。

ココはアパートに帰ると、さっそく「細い細い月」の音楽をつくりました。そして、一週間後の夕方にはその曲をコーヒー・バーで披露し、大人たちの盛大な拍手を浴びたのです。

その拍手のひとつが、誰もがよく知っているサーカス団の団長によるものでした。

「素晴らしいぞ。とてもとてもとても素晴らしいじゃないか」

団長は、「とてもとてもとても」と繰り返し、絶賛するだけでは飽き足らず、

「ぜひ、うちのサーカスで君の音楽を演奏してほしい」

と入団を勧誘してきました。

「ひと晩、考えさせていただけますか」

ココはそう答えたあと、コーヒー・バーの店主にとびきり美味しくて苦いコーヒーを淹れてもらい、そうっとそうっと一滴もこぼさないように両手で持って、Qに会いに行きました。

「ありがとう。すごくいい香りだね。嬉しいよ」

Qは白い家の窓からゆっくり上半身をせり出しました。

「ワタシはまた美味しいコーヒーが飲めてすごく嬉しい。だけど、ココはまた迷っているんだね」

「はい、今度のは大きな大きな迷いです」

「人生を左右するくらい?」

「そうかもしれません。サーカスの団員にならないかと団長さんに誘われたんです」

「入団しなさい」

Qは即答しました。

「ココはそのサーカス団の一員になって、いくつもいくつも『小さな音楽』をつくるの。世界中を旅して。世界中の空に月を見つけては、音楽にうつしかえていくの」

そのとおりになりました。

ココはサーカスの団員となって大人になり、空の上を月が何度も往《い》き来して、「小さな音楽」は人気を博しました。出し物の合間に挟まれる口直しのコーヒーのようなものとして、ちょうどよかったのです。

ところが、またしても「ところが」です。

サーカスの大黒柱であった空中ブランコの曲芸師が体力の限界を感じて引退することになり、さらには、ジャグリングや玉乗りといった軽業《かるわざ》を披露する熊が高熱を発してダウンしてしまい、サーカスから一挙に客が遠のいてしまったのです。

ココは世界中を旅してまわり、ひさしぶりに町に戻ってくると、小さな女の子だった彼女は二十六歳になっていました。父と母は元気に仕事をしていましたが、コーヒー・バーに集う大人たちの半数が他界していました。

ココは店主に訊ねました。

「Qはどうしていますか？」

「ああ、彼女は何ひとつ変わらないよ。俺が子供のころから変わらないし、親父の話では、親父が子供のころから変わらないらしい。どうやら、Qは歳をとらないようだね」

ココは空を見上げました。

夜でした。

店主にとびきり美味しくて苦いコーヒーを淹れてもらい、ひさしぶりにそうっとそうっと一滴もこぼさないように両手で持って、白い家を目指しました。

すると、白い家の窓辺に近づいたところで、

「ありがとう。いい香りだね。嬉しいよ」

声が聞こえ、窓から上半身をせり出したQが待ち構えていました。

「ココだね。よく来たね。立派なお嬢さんになった」

「Qに言われたとおり、サーカスで働いています。とても楽しくて、とても嬉しい毎

日です」

「それはよかった」

Qは目を細めてコーヒーをすすりました。

「だけど、ココはまた悩んでいるんだね」

「そうなの。わたしは毎日が楽しいけれど、サーカスはすっかり元気がなくて。いくつかの人気演目が人手不足と態不足でできなくなってしまって――」

「それは困ったね」

Qはいかにも美味しそうにコーヒーを飲みました。

「サーカスにはみんなが驚くような出し物が必要だよ。だけど、みんな、驚くのが好きなものだから、驚くことに慣れてしまって、滅多なことでは驚かなくなっているんだよ。よっぽど、びっくりするようなことを見つけないと、客は戻って来ないかもしれないね」

そのときココは、いまこの瞬間こそが大きな驚きではないかと思いました。ひとつも歳をとることなく優しい獅子の顔を保ち、人々の迷いや悩みに的確な答えを与えてくれる、このQこそが――。

「Qがサーカスに来てくれたらどんなにいいだろうって思うの」

ココがそう言うと、Qは飲みかけたコーヒーを皿に戻し、それきり沈黙してしまいました。なんでもすぐに答えてくれる、あのQがです。

夜空にめぐらされた夜の雲がぐんぐん動き、それでもQは沈黙をつづけ、

「来てくれない？」

とココがいまいちど訊ねると、

「分からないんだよ」

ようやく口を開きました。

「自分のことになると、ひとつも答えが分からないんだ。だからずっとここにいるんだよ。怖いんだ」

ココの目にはQがひとまわり小さくなったように見えました。

皿の上に戻したコーヒーには、雲と雲のあいだから顔をのぞかせた細い細い月が映っています。

1125

その朝、長女からメールが届き、「おや、めずらしい」と父親である彼はその妙に重たいメールを慎重に開きました。スパムではないかと警戒したからです。

しかし、冒頭だけを読んだ限りでしたが、長女からのメールであるのは明白で、ことのほかダウンロードに時間がかかったのは、添付されていた動画のファイルが尋常ではない容量だったからです。

長女からは、ときおり思い出したようにメールが届いていました。しかし、動画が添付されていたことはありません。

別の警戒心が働きました。といって、それが何に対する警戒なのか彼自身にも分からないのですが、普通じゃないことが起きているのは間違いありませんでした。

ファイルには、「1125」という無味乾燥な数字が四つ並んでいて、それがまた何を意味しているのか、最初は理解できませんでした。ただ、メールの冒頭に「誕生日、おめでとう」と書いてあることから、その数字が11月25日、すなわち、自分の誕生日であることに気づきました。

さて？　長女に限らず、子供たちが自分の誕生日を祝ってくれたのは、いつが最後だったろうか——。

いつからか、彼自身がそうしたことに無頓着《むとんちゃく》になっていました。四人の子供たちが、一人また一人と家を出て行き、それぞれに自分の人生を歩み始めてから、すでに多くの時間が流れています。偶然ではありましたが、それぞれの事情によって、四人は互いに遠い距離を隔てて暮らし、それはまた父親との距離についても同じでした。

この場合の距離というのは、あくまでも物理的なもので、父親と四人の子供たちの関係に距離が置かれている訳ではありません。特筆すべき親密さではないとしても、父親の目には、ごく平均的な親子の関係として捉えられていました。

もし、子供たちの母親が若くして亡くなっていなかったら——と考えることもあるのですが、起こり得ないことを空想するのも、彼はとうにやめていました。

家族の団欒《だんらん》から母親の姿が消えてしまったとき、父親である彼は、自分を含む五人の絆をどのように保てばよいのか、途方に暮れました。

「みんなで一緒に映画を観ましょう」

そう提案したのは長女で、彼女はその提案だけではなく、自分が母親の代わりに、弟二人と妹一人の面倒を見るのだと早々に覚悟しているようでした。

その長女の覚悟に頼りきりになってしまったことを、彼はのちのち深く反省し、自分がいかに駄目な父親であったかと悔いることがしばしばでした。

ただ、長女からの提案であった「映画を観る会」については、自分が映画好きであったことも手伝い、長女に頼ることなく、月に一度の会をすべて取り仕切っていました。子供たちの要望を参考にし、どの映画を観るかを決めてソフトを調達しました。それればかりか、天井から吊り下げるロール式のスクリーンとプロジェクターも奮発したのです。

映画館ほどではないとしても、見なれたテレビの画面よりもはるかに大きなスクリーンで映画を観られることに子供たちは歓喜していました。月に一度の楽しみと決めていましたが、ときには月に二度、三度になったこともありました。

はたして、その二時間あまりが家族の絆を深めることになったかどうかは分かりません。少なくとも、子供たちが思春期を迎え、家族との時間より、友人や恋人たちとの時間を優先するようになってからは、あきらかに歓迎されなくなっていました。スクリーンの前に子供たち全員が集まることが少なくなり、特に長男は恋人と過ごす時間を惜しみ、

「明日の夜は映画を観る会よ」

と長女が念を押しても、「ああ」と生返事でやり過ごして欠席していました。

そんなことを思い出し、長女がメールに添付していたファイルを開いてみると、あたかも自らの回想と呼応するかのような動画が始まりました。

「これは――」

二分ほど観たところで、さらなる回想に誘われ、動画を止めて、長女からのメールを最後までじっくり読んでみました。

＊

彼女は自分が長女として生まれてきたことを不服に思ったことはありません。

母親が亡くなってからというもの、たしかに重い負担が彼女だけにのしかかってきたのですが、叔父や叔母たちが大げさに憐れみの言葉をかけてくるのを、どこか鬱陶《うっとう》しく思うこともありました。

母の代役を「楽しんでいた」とは言わないまでも、自分がこの一家の要になっていることを、意外にも嬉しく思ったのです。

それに、自分は決して「完璧ではなかった」と、彼女だけが知っている秘密のようなものとして記憶していることがありました。甘酸っぱさを伴うそれらの記憶はとうに封印されて久しいのですが、たまたま食卓に置かれた新聞を見るともなく見ていたとき、「記憶の中のスクリーン」というコラムに、『カマンザの朝食』という映画のタイトルを見つけたのです。

封印していたものが色と香りを伴って立ち上がりました。

十七年前のこと――彼女が十八歳のときです。

その日は父親の誕生日で、月に一度の「映画を観る会」の日でもありました。

いいえ、それだけならともかく、その日は週明けに故郷へ帰ってしまう恋人と会う約束をしていて、彼が故郷へ帰ってしまうと、年明けまで一ヵ月以上も会えなくなるのです。父親の誕生日と「映画を観る会」は、彼女が恋に落ちる前は、何よりも優先されていました。

ですから、迷いはあったのです。

しかし、彼女は彼と会うことを選びました。

いま思い出してみると、甘酸っぱさだけではなく、取り返しのつかない後悔のようなものが喉につかえるようです。

(なんと、申し訳ないことをしてしまったのか)

それで彼女は、弟や妹たちと共有している四人だけのグループチャットで、いまさらながら懺悔《ざんげ》したのです。

〈ねぇ、みんな聞いて〉

と書き込みました。

〈新聞のコラムを読んで思い出したんだけど、十七年前の十一月二十五日——父さんの誕生日ね、あの日、「映画を観る会」に私は出席しませんでした。急にアルバイトのシフトが変更になったと嘘をついて。本当は彼と食事に出かけたんです。いまさらだけど、ごめんなさい。たしか、『カマンザの朝食』っていう昔の映画でしたよね。思えば、あれが最後の「映画を観る会」でした。それはきっと、私のせいよね？　ひさしぶりに思い出して、ものすごい罪悪感。だって、あのときの彼氏とはすぐに別れちゃったし。だったら、みんなと映画を観ればよかった〉

彼女のこの書き込みに、五千キロ離れたところに住んでいる長男が、

〈え？　あの日は僕も欠席したけど。彼女とデートだったから〉

とすぐに反応しました。長女は驚き、

〈そうなの？　いまのいままで、欠席したのは私だけだと思ってた〉

と応じると、

〈俺もあの日は欠席したんだけど〉

七千キロ離れたところに住んでいる次男がさらりと告白しました。

〈え？　本当に？〉

長女は驚くというより動悸《どうき》が激しくなってきて、しばらく間を置いて書き込まれた、

〈わたしもあの日は友達と遊んでた〉

という、二千キロ離れたところに暮らしている妹の一行に頭が混乱しました。てっきり、自分だけがみんなを裏切ったと思っていたのに、じつはみんなも同罪であったとは――。

しかも、あのとき、父親は何も言いませんでした。

誰ひとり、父の誕生日を祝わず、誰ひとり、一緒に映画を観なかったのに。

*

「ねぇ、父さん」

と長女はメールに書いていました。

「この映画って、すごくめずらしい映画だったのね。探すのにひと苦労でした」

(そう――そうだった)と彼は十七年前に立ち返っていました。

最初のうちこそ子供たちは、あれを観たい、これを観たいとリクエストしてきたのに、いつからか何も言わなくなり、ともすれば、映画を観ること自体に興味を失っているようでした。

であるなら、自分の観たい映画を選ぼうと思ったのです。

それは、子供たちの母親がまだ若かったとき、二人で初めて観に行った映画でした。『カマンザの朝食』というタイトルのモノクロ作品です。

そのときすでに「昔の映画」とみなされていて、後にビデオ化されたのですが、それもすぐに製造終了となって手に入れるのが難しくなっていました。どうにか、隣町のレンタルビデオ屋で借りることができたのですが、子供たちが一人もスクリーンの前に集まらなかったのは、彼にしてみれば、まったく予想外の事態でした。

（でも、これでいいのだ）と彼は思いなおしました。（自分も子供たちの年齢だったときは、彼女とデートに出かけて映画を観ていた）（友達と深夜営業のレストランでコーヒーを何杯もお代わりして、家に帰らなかった）

そんな回想にふけりながら、一人で『カマンザの朝食』を観たのです。

その十七年前の時点で、すでに見つけることが難しかったのですから、長女が言うように、「探すのにひと苦労」したというのは、まさにそのとおりでしょう。

「でも、いまは便利な世の中よね」と長女は書いていました。

彼は長女と一年以上会っていません。めずらしいことではないのです。長女だけではなく、四人の子供たちは列車を何度も乗り換えて会いに行くか、彼らが長距離バスや飛行機を使って会いに来るかでした。

「便利な世の中」とは言っても、物理的な距離の遠さは動かし難い現実です。

ただ、丹念に書かれた長女のメールを読み進めると、彼女の言う「便利」は、物理的な距離がもたらすもどかしさを別の角度から解消しうるものでした。

「いまは、昔の映画もつい数カ月前に封切られた映画も、配信やダウンロードで手に入れたり視聴したりすることができるから」

長女の声が耳もとに聞こえてくるようでした。

「探すのはひと苦労でしたが、見つかってしまえばその時点で勝負はカタがつきます。ボタンひとつでダウンロードできました。あの日、みんなで観ることが出来なかった『カマンザの朝食』の動画データを添付します。これを、この週末——十一月二十五日の午後七時ちょうどに観始めてください。わたしもその時間にプレイボタンを押します。一緒に観ましょう」

メールを読み終えて、ため息をつく間もなく、

「僕も一緒に観ます」

と長男からメールが届きました。

つづいて次男からも、

「あの日はごめんなさい。この週末は空けておきますので一緒に観ましょう」

とメールがきました。

少し間を置いて、末っ子からも届き、

「わたしを仲間はずれにしないでね。一緒に観ますから」

とありました。

箱の中の月

彼はまだ若いのでした。

新聞配達の仕事を終えたあと、街角のコーヒー・スタンドで、(世界を変えてみせる)と企《たくら》んでいたのです。

彼の身の丈は平均的で、顔つきや声といったものも特徴が見当たりません。次の日になったら、どんな顔をしていたか忘れられてしまうような印象の薄い青年です。

(だからこそ)と彼は思うのでした。(僕のような者が退屈な平凡から抜け出すには、世の中をひっくり返さないことには何も始まらない)

彼の野望は物騒な領域に及びつつありました。

(よし、月を盗んでやろう)

もし、太陽を盗んでしまったら、自分も困ったことになるかもしれません。

(でも、月だったら、空から盗まれても大して問題にならないだろう)

何の根拠も知識もなく、彼はそう考えました。

しかし、やはり、ひととおりの知識を得た方がいいだろうと彼は図書館へ通い、月に関する書物を手当たりしだい読みあさりました。月の科学を学び、月がもたらす恩恵を知り、ついには、月の偉大さに打たれました。

（ああ。このように尊いものを盗みとるなんて、なんと自分は愚かであったか）

彼がそうした謙虚な思いに至ったとき、図書館の棚の前にたたずむ女性の姿が目にとまりました。彼女は〈月〉の本が並ぶ棚の隣にあった〈小動物〉の棚の前で腕を組んでいたのです。

「あの」と彼はおそるおそる彼女に声をかけてみました。

「はい？」

彼女は彼とさほど変わらない年齢でしたが、彼よりも格段に落ち着いており、それはつまり、いくつかの嫌なことや悲しい出来事を通過してきたからでした。

「あの――」

彼はそれ以上の言葉が思いつきません。

（僕はずっと長いあいだ、あなたのような人と仲良くできたらと思っていたのです。この世に生まれる前からずっと――）

「月に興味があるのですか？」

彼女の問いに不意打ちを食らい、

「ええ。月を盗んでみようと考えていたのです」

彼はありのまま、そう答えました。

「月を？　そんなことができるんですか？」

「いえ、本を読んで、とても難しいと知りました」

「そうでしょうね。でも、なぜ月を？」

「世界をあっと言わせたいんです。できれば、世界を変えてしまいたくて――」

彼女は彼の瞳を見つめました。

野望に充ちていた彼の瞳は、その一瞬で、誰かを恋する瞳に変わりました。彼にしてみれば、このような経験は初めてで、彼女もまた、「目の色が変わる」瞬間《ま》を目の当たりにしたのは初めてでした。

二人は心が通い合いました。

「世界を変えてみせる」と息巻いていた彼でしたが、（もう、そんなことはどうでもいい）と思うようになりました。
人に恋をしたり、人を愛したりすることは、「世界を変えてみせる」と荒ぶってい
た青年の心をすっかり変えてしまうのです。

「あなた、仕事は？」と彼女が訊ねました。
彼の行きつけのコーヒー・スタンドで、二人はミルクを少しだけ入れたコーヒーを
飲み、いちばん目立たない隅の席で向かい合わせに座っていました。
「新聞配達をしています」
彼は声をひそめて答えました。
「ですが――じつを言うと、先週、新聞社の廃業が決まりまして、配達の仕事は今週
いっぱいでおしまいなんです」
「ということは、失業してしまうんですか？」
「ええ。それだけじゃなく、僕は配達所に住み込みで働いているので、寝泊まりする
ところもなくなってしまうんです」

「そうですか――」

彼女はほんの一瞬、視線を宙にさまよわせましたが、

「では、わたしの家へいらっしゃい」

彼の目を見て言いました。

「祖母が遺《のこ》したとても大きな家なの。一人で暮らしていると、恐いくらい広い家。広い広い、広い家」

彼女は歌うようにそう言いました。

＊

それはしかし、本当に広い家でした。これほど広い家に彼は足を踏み入れたことがありません。

「わたしも知らない部屋があるの」

家の中をガイドしながら、彼女が言いました。

「こんなところに、こんな部屋があったかしらって」

二人はこの恐ろしく広い家で静かに暮らすことになりました。

彼は新聞配達の経験が買われ、〈配達協会〉への加入が認められて、「自由配達人」の肩書きを得ました。「自由」と言えば聞こえはいいのですが、ようするに、ありとあらゆるものを配達したり運んだりする仕事です。たった一杯のコーヒーから、動物園の象やキリンに至るまで――。

彼女は長らく勤務してきた〈優良食品調査研究所〉の検査官をつづけていました。検査をする部署のリーダーであり、彼女の落ち着いた印象は、そうした役職によるものでもありました。

二人は広い家の中にそれぞれ自分の部屋を持ち、同じ屋根の下にはいましたが、寝食は別々でした。それでも、彼にとっては願ってもないことだったのです。

「どうして――」

と彼は事あるごとに彼女に訊ねました。

「どうして、僕をこの家に住まわせてくれるのですか」

「それはね——そう——わたしにも、よく分からないんだけど」

彼女は必ずそう答えました。

「きっと、前世で仲間だったんじゃないかしら」

「なぜ、そう思うんです？」

「だから、それは分からないの。本当のことはね。でも、本当のことって、なかなか分からないものなのよ」

彼女はときおりそのようなことを口にしました。

「本当のことは、いつも語られない——」

「秘密の箱にしまってあるから——」

「その箱の中は、決して覗いてはならないの——」

最初は何を意味しているのか分からなかったのですが、ある日、彼は気づいたのです。彼女が仕事から戻るたび、白い小さな箱を手にしているのを。それはちょうど切り分けたケーキひとつ分が収まるくらいの箱で、彼女はそれをいかにも大切そうに抱えていました。

（それは何ですか？）

彼は胸の中で何度も問いかけました。でも、いざ声に出して訊こうとすると、

（いや、訊いてはいけない）

自分の中にいる、もうひとりの自分が阻止するのです。

（訊いてしまったら、本当のことを知ってしまうかもしれない）

彼はいつからか恐れていました。本当のことはいつも語られない。語られないからうまくいっているのだと。

「そういうものなの」

彼女はきっとそう言いたいのだ。だから、もし、禁を破って「本当のこと」を知ってしまったら、自分と彼女のこの静かな生活はそれまでになる。

（とはいえ――）


ある晩、彼は仕事から戻ってきた彼女が、いつものように白い箱を抱えているのを確かめると、彼女に気づかれぬよう、後を尾《つ》けてみたのです。

広い家にはいくつも部屋がありましたが、彼女の部屋がどこにあるか彼は知っています。ですから、当然、彼女はその部屋へ入っていくのだろうと後を追いました。

ところが、さにあらず、さて、こんなところにこんな部屋があったろうかという、妙に小さな扉を持った部屋に彼女は入っていきました。

でも、それ以上のことは分かりません。

(分からない方がいい)

と彼自身が判断したのです——。

こうした奇妙な二人暮らしがつづき、半年ほどが過ぎた頃でした。やはり、白い箱を抱えて仕事から戻ってきた彼女が、台所で夜食のホットドッグを食べていた彼に、

「ひとつ、お願いがあるんだけど」

と話しかけてきました。

「運んでほしいものがあるの」

仕事の依頼でしょうか。

「お安い御用ですよ」

まだ何を運ぶのか聞いていないのに彼は即答しました。なんであれ、彼女の役に立てることが嬉しかったのです。

「その前に、わたしの仕事についてお話ししておきましょう」

二人は台所のテーブルを挟んで差し向かいになりました。

「優良食品の検査をしているのではないのですか？」

彼が先んじてそう言うと、

「それだけ聞くと、優良な食品を見つけ出す仕事だと思うでしょう？　でも、実際は逆で、問題のある食品を洗い出すのがわたしの仕事です。含まれている成分をひとつひとつ調べて数値化していく。数値が危険な域に達していれば、『×』をつける。そういう仕事なの」

そう聞いて、彼は謎が解けたような気がしました。

（あの白い箱の中には、『×』がつけられた食品が入れられていたのだ）

「夜が明ける前に街はずれの森まで運んでほしいの」

「廃棄するんですね」

「――そうね。言葉は正しくないかもしれないけど、言ってみれば、そういうことになるのかしら」

広い家の中にめぐらされた廊下を歩き、彼はあの小さな扉がある部屋の前へ導かれました。

「運んでほしいものは、この部屋の中にあります」

部屋の中へ招かれると、彼女の言葉どおり、いくつかの大きな箱があり、

「これは、わたしにとっての月なの」

(月?)

彼は彼女の瞳を見つめました。

(いや、分からない方がいい)

彼は用意されていた台車にその大きな箱を載せ、彼女が通勤用に乗っているバンの荷台へ運び込みました。

箱の中から言いようのない気配が感じられます。

「〈月〉はね――」

運び終えて助手席に乗り込むと、車を走らせながら彼女は言いました。

「最後の確認のために用意されているものなの。でも、わたしには分かっています。確認なんて必要ない。数字が明確に示しているのだから。〈月〉を犠牲にするのはもうたくさん。だから盗んできたの。〈月〉をね。毎晩、毎晩」

車は森の手前で停《と》められました。特に指示はなかったのですが、彼は荷台から箱をおろし、森へ向かいかけると、

「ここでいいです」

と彼女は言いました。

「箱の蓋をあけて」

そのとおりにすると、途端に気配がざわめき、

「さぁ、逃げて」

声に促されて箱の中から解放された無数の白い小さな〈月〉が、真新しい夜明けの光を浴びながら点々と散っていきました。

この星のささやかなざわめき

駅前のスタンドでコーヒーを飲み終えると、この季節特有の白く煙るような小雨が降ってきました。ともすれば、気が遠くなるような、眠たくなる雨です。

傘など必要なかったかもしれません。でも、買ったばかりの花が濡れてしまい、おろしたてのジャケットに雨が染みて、中のシャツにまで及んでいました。

それで、致し方なく傘を購入したのです。駅の売店で銀貨一枚を差し出し、透明ビニールのきわめてそっけない簡易傘を受けとりました。

誰かと約束をしていたわけではありません。ふと思いついて、「今日がその日だ」と自分に告げ、いったい何年ぶりになるのか、記憶も定かではない再訪を自らに仕向けました。

駅からつづく細い道を傘で雨からかばうようにして進み、崖っぷちと言っていいその場所に辿り着くまでのあいだ、雨のみならず風が強くなってきたのを、嫌な予感とともに不快に感じていました。

その一方で、ほかならぬ彼の言葉を思い出していました。

「雨や風は嫌なものではないよ」

彼はじつに聡明でした。

「身の危険を感じるようなものでなければね。それは言ってみれば、この星のささやかなざわめき――ちょっとしたくしゃみのようなものじゃないかな。知ってるだろう？　くしゃみっていうのは一種の浄化作用なんだよ」

彼は博識でした。そして、まだ若かったのです。

「じゃあ、これもまた浄化作用か」

駅からの道の突き当たりは、こちらの胸の高さくらいまでのコンクリートの壁で、いよいよ強くなってきた風に傘をあおられながら壁の向こうを見おろしました。

崖下に整然とした霊園がひろがっています。

その一画に彼は眠っていました。

「ひさしぶり」と声が出ました。そこへ来るたび、崖上からの景色に見とれ、それから我にかえって、コンクリートの壁伝いにゆるゆると坂をおりていくのです。

そうなるはずでした――。

ところが、この星はずいぶんと疲弊しているらしく、より強力な浄化をもとめていたのでしょう。痛烈と言っていいくしゃみの一撃が坂下から強風となって襲い、咄嗟に花をかばったせいで、傘を持っていた左手が力を失いました。

「んっ」と声を上げた瞬間、手から離れたビニール傘が舞い上がり、重力から解放された喜びを謳歌《おうか》するように、高く高く、空へとのぼっていきました。

＊

「なんだ、あれは」

最初に見つけたのはバンで、彼は四人の中で最も目がいいのです。他の三人が口々に、「何のこと?」「あれって?」「どれ?」とバンが指差した東の空に目を細めましたが、しばらくは何も確認できなかったのです。

「あ、もしかして、あれか」

ニキが気づき、

「わたしも見えた」

リアが彼女らしい落ち着いた声で応じました。コフだけが、「なんのこと?」と繰り返し、そのうち、その奇妙な飛行物体が四人の頭上近くに迫ってきました。

さすがにコフも、「ああ、あれか」と認めましたが、その口ぶりに、

「コフはあれがなんだか知っているのか」

とニキが空を見上げたまま訊《たず》ねました。

「たぶん――前に見たような気がするんだけど」

コフは自信なさそうに答えました。もっとも、四人はおよそあらゆる事物について自信がありません。「おそらく」「たぶん」「きっと」がつきまといます。

「おれは、たぶん見たことない」とバンがきっぱり言いました。

「僕も――まぁ――知らないかな」とニキはやや慎重です。

「わたしは、もしかして見たことあるかも」とリアは記憶を探っているようでした。

しかし、それは容易なことではありません。リアに限らず、この四人は〈貯蔵庫〉に記憶を預けていました。預けてからは、この教会に身を寄せ、わずかに残された「古い記憶」を頼りに、新しく仕入れた知識を少しずつ蓄えているのでした。

「コフはなんとなく見たことがあるような気がするの？」

「いや、そんな気がするだけの話」

コフはなけなしの記憶をしきりに探ってみましたが、どうしても思い出せません。

「もしかして――」

リアが眼鏡を掛けなおしました。

「あれって、羽じゃない？」

「ああ、あの透明な膜みたいなもの――」

「たしかにそうだね。羽を支える骨も見えるし」

「だけど、鳥ではないよね」

「そう――鳥ではないね――なんというか、もっと儚《はかな》いというか」

「待って、さっきより大きくなってない？」

「いや、そうじゃないよ。あれは、どうやらこちらへ向かって落ちてくる」

「なんだっけ？　こういうのをあらわす言葉」

「そう――墜落――だったかな？」

＊

「骨は銀色で――十六本かな？　すべて同じ長さ、同じ形」

「真ん中の一本だけ、他より太いよね。先がとがっていて、もう一方は――白くて太くて曲がってる」

「これは生きてるのかな？」

「どうだろう？　そうは見えないけど、さっきまで飛んでいたわけだし」

「気を失う？　って言うんだっけ」

「ああ、それかも」

四人は墜落してきたものを慎重に中庭から礼拝堂へ運び入れました。

「神父様なら、この尊いものを、きっと知っていらっしゃるだろうね」

「あいにく、神父様はお出かけなの。夜まで帰らないと思うわ」

祭壇の前に供物《くもつ》を載せる平台がありました。そこに、その「尊いもの」を赤児《あかご》を寝かしつけるように置くと、四人は天窓から射す陽の光で仔細《しさい》に観察しました。

ところどころ透明で、ところどころ白かったり銀色だったりしています。

「息はしていないよね」

「たぶん、生きてるとか死んでるとか、そういったことを超越してるんだよ」

「もしかして――」

「そうよ、きっと」

「もしかして――神様?」

「そういえば、神父様が言ってたよ。神はあらゆるものに姿を変えて現れるって」

「だけど、なんとなく見たことがあるような気がするんだけど」

「神様ってそういうものじゃない? 見たことはないけど、知っているというか」

「でもさ、そもそも、神様って空の上にいらっしゃるものなの?」

「それはそうじゃないかな? だから、教会の屋根に十字架を立ててるわけだし」

「アンテナみたいに?」

「そう。空の上にいる神様と交流するにはアンテナが必要なんだよ。逆に言うと、教会にアンテナがついているのは、空の上に神様がいらっしゃる証拠だと思う」

「神父様は驚くだろうね。『中庭に神様が墜《お》ちてきました』って報告したら」

「気を失って倒れてしまうかも」

「それはよくないな。薬とか――あとはなんだろう――水枕だっけ？　おそらく、そういったものを準備しておかないと大変なことになる」

「たしか、通りを渡ってしばらく行くと――なんて言ったっけ？　いろんなものを売ってて、神父様が、『いまはまだ行かない方がいい』って言ってたところ」

「ドラッグストアかな？」

「それだ」

「一度、行ってみたかったんだよ」

「いい機会だね。きっと、神父様も許してくださるよ」

＊

リアとニキが祭壇の前で待っていると、しばらくして、バンとコフがドラッグストアから帰ってきました。

「どうしたの？　二人とも青い顔をして。薬は買えた？」

「ああ。薬も買えたし水枕も買えたよ。あと、たしかこういうときに必要だったような気がしたんで、歯ブラシとバスソルトとチョコレートも買ってきた」

「ちょっと待って、チョコレートってお菓子じゃなかった？」

「そうだっけ？」

「そんなものまで売ってるの？」

「驚いたよ。およそ、ありとあらゆるものを売ってるんじゃないかな。本当になんでも手に入る。というか――なんだかよく分からないものが沢山あって」

「クールミント・ガムとか、アルミホイルとか、サポーターとか、ハンドソープとか、パルスオキシメーターとか」

「なに、それ？」

「初めて聞いただろう？　だけど、僕らが唖然としたのは――」

バンが袋の中から透明で白くて細長いものを取り出しました。

「え？　ちょっと待って」

「信じられないだろ？」

「それって――もしかして、神様？」

四人の視線が祭壇の前に置かれた「尊いもの」に向けられました。

「売ってたんだよ、ドラッグストアで」

「神様が？」

「銀貨一枚で買えるんだよ。僕らが記憶をなくしてるあいだに、世界はこんなことになっていたんだ」

「どういうこと？　神様が買えるの？」

「どうも、そういうことらしい」

「信じられないわ――」

四人の視線が、いまいちど祭壇の前に向けられました。

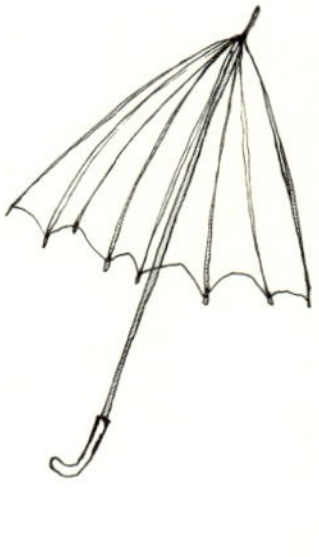

地球儀の回る夜

今日もまた暦《こよみ》を破って、一日が始まります。

その暦——日めくりです——の一日一日に添えられた「ゴム印画」を描くのがミナモリの仕事で、「ゴム印画」というのは彼の造語でした。

つまりはイラストレーションなのですが、ミナモリは自ら描いたイラストからゴム印を起こし、そのゴム印を紙に捺《お》すことで独自なイラストが完成するのでした。

日めくり会社からの要請は、

「季節の移り変わりを感じさせるものを、一日一点ずつ描いてほしい」

とのこと。つまり、一年分——すなわち三百六十五枚の「ゴム印画」を描かなくてはならないわけです。

「私も若い時分は、その仕事をしていたものだ」

戸影《とかげ》先生が隣の席からミナモリのスケッチブックを覗いて言いました。

戸影先生はミナモリの「ゴム印画」の師匠であるばかりでなく、〈トカゲ式ゴム印会社〉の社長でもありました。ゴム印だけを専門につくる会社で、先生のつくるゴム印は多くの人に好まれ、いつからか、「富をもたらすゴム印」などと噂がひろまって重宝されていたのです。

ミナモリは先生がゴム印に彫る独特な文字や絵に魅了され、

「弟子にしてください」

と門戸を叩いたら、ちょうど日めくりをつくる仕事が舞い込んだところで、

「やれるか？」

と先生にいきなり訊かれたのです。そこで、「いいえ、出来ません」と答えるわけにはいきません。うまくいくかどうか、皆目、分からなかったのですが、

「やってみます」

と挑戦してみることにしました。

幸い、絵の心得はありました。自分は画家であった祖父の血を引いていると、ふと思うときがあるのです。

とはいえ、一年の移り変わりを三百六十五枚の小さな「ゴム印画」であらわすのは並大抵のことではありません。

（ああ、逃げ出したい）

ミナモリは胸の内にたびたびつぶやきました。

仕事場の窓から空を眺め、ゆっくり動いていく白い雲を、

（うらやましい）

と妬《ねた》んだほどです。

＊

「ひとつ、頼みがあるんだが――」

スケッチブックにペンを走らせていたら、不意に戸影先生から声がかかりました。

「地球儀を買ってきてくれないか」

こうしたことはこれまでにも何度かありました。ゴム印に施す絵柄のモチーフとなるものを、「探し出してくれ」「買ってきてくれ」「いますぐに」と。

それはミナモリにとって、じつに光栄なことでありました。モチーフの選択によって、ゴム印の出来栄えが大きく左右されるからです。

それだけに失敗は許されません。先生が、「まさしくこれだ」と感嘆するような地球儀を見つけてこなければならないのです。

「大きな地球儀でしょうか？　それとも、子供用の――」

ミナモリが先生に問うと、

「なるべく大きいのがいいんだ」と先生は即答しました。「すべての国の、すべての都市の名前が明記されているものがいい。私はね――」

先生は窓の外を流れゆく雲に視線を移しました。

「私はここから逃げ出したいのだ。スケッチを終えたら地球儀をまわして、どこへ逃げのびるか決めようと思ってる」

（そうだったのか――）

絶句。

先生の隠された思いを知り、ミナモリは嬉しいような悲しいような――嬉しさと悲しさによる縞模様の服を着たときのような心地で地球儀を探すべく街へ出ました。

しかしです――。

地球儀というのは、一体、どこで買えばいいのでしょう。

毎日毎日、まさしく判で押したような日々を送ってきたミナモリは、地球儀のことなど微塵も考えたことがありません。

そもそも、あれはなんなのか？　地図なのか、模型なのか、それとも単なるインテリアか。大体、どこで売っているのだろう？

ミナモリは途方に暮れました。

街にはなんでもあるのです。いえ、言い方を変えるなら、ミナモリが途方に暮れたのは、なんでもある街の只中《ただなか》においてでした。なんでもあるのに、街はあまりに雑然としていて、どこに何があるのか見当もつきません。

建ち並ぶビルディングの森を見渡し、

（そうだ、そういえば）

ミナモリは突然思いつきました。

（この世には、こういうときのために、百貨店というものがあるじゃないか）

＊

勇んで駆け込んだのは、街で最も大きな百貨店でしたが、あまりに大きすぎて、百貨店そのものがひとつの街のようでした。そうなってしまうと、やはり途方に暮れるしかありません。

しかしながら、百貨店には〈案内所〉なるものがあり、ベレー帽をかぶった制服の女性が、やわらかい笑みをたたえてミナモリを迎えてくれました。

「あの、すみません」

ミナモリは女性の笑顔に大いに安堵しながら訊ねました。

「地球儀を探しているのですが、こちらの百貨店には――」

「ございます」

女性は笑顔のまま答えました。胸の名札に「マユズミ」と名前が記されています。

「当店には、ないものはないのです」

ないものはない？

一聴した限りでは、あるのかないのかよく分かりません。

「それはつまり、『ある』ということですか、『ない』ということですか？」

ミナモリがあらためて問い直しますと、

「ええ。どんなものでも扱っておりますので、ご安心ください」

ベレー帽の女性は――マユズミさんは、手もとのキーボードをカタカタと素早く打ち、やはり手もとのディスプレイを確認しながら、

「〈第三別館〉の六階に〈地球儀売場〉がございます」

なめらかな口調でそう言い、プリントアウトした地図をミナモリに差し出しました。

「こちらになります」

ミナモリは礼を述べて地図を受け取り、いまいちどマユズミさんに深々と頭を下げると、さっそく地図に記された〈地球儀売場〉を目指しました。

それにしてもです――。

その百貨店の驚異的な「広さ」および「大きさ」および「混沌さ」は、まったくも

って、ひとつの街に匹敵しました。地図を手にしてはいるものの、容易に辿り着けそうにありません。

ミナモリは百貨店を行き交う人々に圧倒され、そこかしこに陳列された色とりどりの商品の多彩さに目がまわりそうになりました。

＊

ようやく辿り着いた〈第三別館〉は、まるで世界の果てに迷い込んだかのようで、それまでの百貨店の様子とはうって変わってひと気がなく、どことなく薄暗くて、街のはずれの夜の匂いがしました。売場と売場をつなぐ通路は夜の街路そのもので、見上げた天井には星のまたたく夜空が再現されています。

暗雲をくぐり抜けるように月がゆっくり動いていました。

婦人服売場にたたずむマネキンは夜の果てを見定めるかのように遠い目をしており、通路の端には、いくつかの飲食店が建ち並んで、かぐわしいコーヒーの香りが漂っています。ご丁寧にも、足もとには水たまりまでもが見受けられ、街路灯のあかりが映り込んで、とても百貨店の一角にいるとは思えませんでした。

そうした街区に見立てた路地の突き当たり——街で言えば、「袋小路」と呼ばれているところに、地図に示された〈地球儀売場〉はありました。売場とはいっても、それはあたかも独立した店舗そのもので、

「地球儀の店　マユズミ」

と謳った銅板でつくられた看板が掲げられていました。

マユズミ？　それは先ほどの〈案内所〉の女性の名前では？——とミナモリが訝《いぶか》しみながら硝子戸《ガラスど》を押して店内に入ると、

「いらっしゃいませ」

鼻の下にヒゲをたくわえ、仕立てのいいツイード・ジャケットを着た店主と思われる人物が会釈をしました。

左右の陳列棚には、そこがミニチュアの宇宙空間であるかのように、いくつもの惑星が——いえ、地球儀が整然と並べられ、店内が薄暗いせいか、いずれの地球儀も青

白く発光しているように見えます。そのどれもが精緻《せいち》につくられていて、こうなると、どれを選んでよいか分かりません。

いずれにしても、それらの地球儀には値札や商品番号が見当たらず、「あの――」と値段を店主に訊ねようとしたところ、いつのまにかヒゲの店主はベレー帽をかぶった女性に変わっていて、胸の名札には見紛うことなく、「マユズミ」とありました。

「あれ？」

ミナモリが驚いて声をあげますと、マユズミさんの背後からヒゲの店主が分身の如く現れ、よく見れば、その胸の名札にも「マユズミ」とあります。

「驚かせてすみません」

ベレー帽のマユズミさんが言いました。

「じつは、わたくしたちは親子なのです」

「なんと、そうでしたか――」

ミナモリがさらなる驚きを禁じ得ずにいると、

「わたくしどもは、よその星からこちらへ参っているのです」

父親の方のマユズミさんが言いました。

「よその星——ですか」

「はい。夜の向こうの遠い星です」

（どういうことだろう）とミナモリは混乱しました。

「わたくしどもは、この星——地球の調査に参ったのです」

「調査？」

「はい。この星の何が優れていて、何が優れていないのか。そうしたことを隈《くま》なく調査いたしまして、わたくしどもの星へ持ち帰るのです。わたくしどもの正しい繁栄のためにです」

（なるほど）とミナモリは事態を理解しつつありました。

「知性や文明といった側面に限らず、わたくしどもはこの星の姿かたちについても徹底的に精査いたしました。そうした研究の成果が、わたくしどものこの地球儀であるわけです」

「——そういうことでしたか」

「はい。そういうことなのです」

「ちなみにですが――」

ミナモリは好奇心に駆られて、訊ねずにはいられませんでした。

「この星で最も優れているものは何でしょうか？」

「はい。最も優れているのはですね――」

ミナモリの問いに答えかけた父親マユズミのヒゲが消しゴムをかけたように少しずつ消えていき、のみならず、顔の輪郭までもが変形し始め、見る間に、父親マユズミから娘マユズミの姿へと変身しつつありました。

「最も優れているのはですね」と娘マユズミが繰り返しました。「それはもう、〈トカゲ式ゴム印〉に決まっています」

「え？」

ミナモリはいまいちど、右、左と店内を見渡して悟りました。

（そうか。僕はもう先生の絵の中にいるのか――）

店内の地球儀がいっせいに回り始めました。

パラダイスの二人

トニクロスは罪を犯しました。知らないうちにです。

法が改正されたことを知らず、言ったり書いたりしてはならないことを、言ったり書いたりした罪で〈ガーデン〉に出頭を命じられたのです。

〈ガーデン〉は、彼のような知らぬ間に罪を犯してしまった者を取り締まる特殊警察で、罪状が言い渡されると、トニクロスはあっけなく逮捕されて勾留《こうりゅう》となりました。

「これからどうなるのですか」と、〈ガーデン〉の検査官に問うと、

「ガンドラへ流されることになるでしょう」とのこと。

ガンドラは並の地図上には確認できないきわめて小さな孤島で、トニクロスの身に起きたことは、昔風に言えば「島流し」であり、当世風に言いなおせば、「ゴー・トゥー・パラダイス」といったところでしょうか。

当然ながら、パラダイスというのは逆説的な皮肉めいた物言いで、簡潔に言えば、監獄を意味しています。

ただし、トニクロスはガンドラのパラダイスにおいて囚人になるのではありません。

「どういうことでしょう?」

いま一度、検査官に問うと、

「囚人ではなく、あなたには看守をしていただきます」

とのこと。

ガンドラには港のひとつもなく、ただパラダイスがあるのみで、そうした環境においては、「看守もまた、囚人に等しいではないか」と歴代の看守たちから抗議の声が上がったのです。

「では、囚人に看守を任せたらどうだろう?」

ということになり、そうした経緯もトニクロスはまるで知りませんでした。

「あなたは、ようするに世の流れに取り残されたんです」

検査官のひと言がすべてを言いあらわしていました。

ガンドラのパラダイスは中庭を取り囲む「ロ」の字形の建物で、「ロ」の字の各辺に四つの独房が設けられ、都合、十六人の囚人を収監できるようになっていました。ただし、これまで一度として十六の独房が満室になったことはなく、それどころか、ただ一人の囚人のみが収監されているのが常でした。

トニクロスがパラダイスに到着したときは、その「ただ一人」も不在で、ひとまずは、トニクロスだけがパラダイスを管理していくことになったのです。

歴代の看守たちが嘆いたとおり、絶海の孤島に一人きりで過ごすよう強《し》いられるのは、看守であろうが、囚人であろうが、その役割にかかわらず過酷なことでした。

自由ではあるのです。

おそろしいほど小さな島ではありましたが、島内を自由に歩きまわることも可能でしたし、保管庫に蓄えられた食糧は、「自分の判断で食していい」と言い渡されていました。時間はあり余るほどあり、してはいけないこともなければ、やらなければならないこともありません。

しかし、結局のところ、そうした自由を許されることより、一人きりである孤独の方が、はるかに重かったのです。

三ヶ月ほどすると、あきらかに頭の回転が鈍ってきて、唯一の楽しみであった、日記をしたためることがままならなくなってきました。

トニクロスは知りました。

自由というのは、心身の健全によって保証されるもので、とりわけ心が疲弊してしまうと、掌から砂がこぼれ落ちていくように自由の喜びが失われていくのだと。

＊

そうしたところへ、スワンレイが流されてきたのです。

囚人です。

スワンレイは罪を犯しました。

青白いフルムーンが雲によって隠された夜ふけに、動物園の動物たちを檻の外へ解放した罪です。最もレベルの高い重罪でした。

トニクロスはそんなことが重罪になるのかと、スワンレイの話を聞いて驚嘆したのですが、

「僕はいまでもいいことだと思ってる」

スワンレイの声は二人の人間が同時に喋っているかのような重厚なものでした。

「自分で自由をつかみとれない生きものたちは、僕が自由にしてあげるより他ないのだから」

彼は重罪人の証である縞柄《しまがら》の囚人服を着ていました。胸のあたりに「7」という数字がオレンジ色で刺繍されていて、それは彼が「7番」の独房に収監されることを意味していました。

トニクロスは鍵付きの引き出しの中にしまってあった鍵付きの箱を取り出し、その中にしまわれていた「7番」の鍵を取り出して、スワンレイを「7番」の独房へガイドしました。

「個人的には——」

トニクロスは申し訳なさそうに言いながら独房に鍵をかけました。

「鍵をかける必要はないと思っています。しかし、これはここの決まりなので致し方ありません。どうか、寛容に受けとめてください」

「なんのことはないよ」

スワンレイは檻越しに応えました。

「君は真面目に看守をつとめているようだけど、心の中に自由を持っていれば、僕と君は一瞬で立場が逆転するのだ。この島では檻の中も外も同じなのだから」

そのとおりでした。中にいようが外にいようが、結局のところ、シャバと呼ばれているところを謳歌できなければ、どちらも同じことです。

「なかなか居心地のいい独房だし」

スワンレイは快活な男でした。トニクロスよりわずかに歳が上ということもありましたが、この心もとない孤島において、じつに頼もしい存在として映ったのです。

「外に出てもいいかな？」

スワンレイは毎朝、挨拶がわりにそう言いました。そのたび、トニクロスは大きく首を振り、

「個人的には問題ないと思うのですが――」

と口ごもると、

「監視カメラが見ているのか？」

スワンレイはパラダイスのあちらこちらに据えられている小型カメラに視線を送りました。

はたして、それらのカメラが本当に監視をしているのか、じつのところ二人は承知していません。言ってみれば、二人は世界から見放されてここへ流されているわけで、監獄そのものも、十六の独房といったものも、じつは形ばかりで、本来の意味はとうに失っているのかもしれないのです。

あるいは、たとえカメラに見られていないとしても、自分の判断でどうふるまったかが重視されるのかもしれません。そう考えると、安易に鍵を開けてスワンレイを解放してしまうことは、決していい結果を生まないのではないかとトニクロスは考えました。

「そういえば、君は刑期を言いわたされたか?」

とスワンレイに訊かれ、

「保留と言われたきりです」

とトニクロスは答えました。

「僕も同じだ」

「ということは――」

「一生、このままかもしれないぞ」

だとしたら、たしかに独房に鍵をかけることなど何の意味もありません。

おそらく、ここでの決まりごとは建前でしかないのでしょう。監視カメラが作動していなくても何らおかしくありません。なぜなら、ガンドラなるこの島自体がひとつの独房なのですから。

トニクロスは独房の鍵を開けてスワンレイを解放しました。スワンレイが動物たちを解放したようにです。

「行ってくるよ」

スワンレイは独房から出てくるなり島の探索に出かけ、しばらくすると、囚人服のポケットにいくつかの植物と土塊《つちくれ》を詰め込んで戻ってきました。

「目ぼしいものは何もないようだ」

スワンレイもまた理解したようでした。

「つまりは、自分でつくるしかないということか――」

スワンレイは持ち帰ったものを看守室の床に並べ、さて、何を始めたのか、木の皮と思われるものをなめし、つる草を幾重にも編み込んで糸の代わりになるものを器用にこしらえました。

二人は空腹を覚えると、保管庫から缶詰とミネラル・ウォーターとインスタント・コーヒーを取り出して、ゆっくり食事をとりました。

そうした日々がどのくらいつづいたでしょう――。

ある日、トニクロスが目を覚ますと、看守室の事務机の上に見たことのない球状の物体が置かれていました。

「あれは何でしょう?」

かたわらで眠っていたスワンレイを起こすと、

「ああ」

スワンレイは目をこすりながら微笑しました。

「僕がつくったのだ」

「何をです？　もしかして、爆弾ですか」

「爆弾？　そんなものをつくって何になる？」

スワンレイは立ち上がって、その球状の物体を手に取ると、

「野球のボールだよ」

スワンレイが言うには、彼の父親は野球ボールをつくる職人であったとのこと。教わったことはないが「目が覚えていた」のです。

「ただし、ゴムを仕込んでいないので、このボールはひとつも弾まない」

では、そのボールで何をするのかと言うと、

「キャッチボールだよ」

それから二人は一日の多くの時間をキャッチボールをして過ごしました。球を投げてはキャッチして、また投げ返す。

ひたすら、その繰り返しでしたが、それなりの集中力も必要で、さまざまなスタイルで投げたりキャッチしたりするので、体中の筋肉が隅々まで鍛えられました。

のみならず、ボールをやりとりしながらの会話も弾み、おかげで二人は、お互いの

ことをこの世の誰よりも知り尽くしました。

＊

出頭を命じられたときと同様、トニクロスはなぜ自分が釈放されたのか理解できませんでした。おそらく、法律がまた改正されたのでしょう。島を取り囲むようにして生息する飢えたサメから身を守るため、島への来迎は潜水艇に限られていましたが、狭苦しい潜水艇の希薄な空気に、トニクロスは、（パラダイスの方がよほどましだった）と目を閉じました。

（我が身ばかりが禁固を解かれ、ひとり取り残されたスワンレイはどのような思いにあるだろう――）

シャバに戻ってひと月が過ぎたころ、トニクロスは新聞の片隅に、「解放された動物が動物園に帰還」という記事を見つけました。スワンレイの名は伏せられていたものの、動物園の名前から、それらの動物たちが彼が解放した動物たちであると確信しました。

会いに行きました。

はたして、スワンレイが解放した動物がどのくらいの数であったのかトニクロスは知りません。新聞記事がそのあたりをぼかして書いていたのは、模倣犯をおそれてのことであったかもしれません。

動物園も詳細を発表していませんでした。

しかし、トニクロスには分かりました。

いえ、正しくは動物たちは分かっていると言うべきでしょう。

たとえばです。銀色オオカミの檻の前に立つと、奥の方の暗がりに身をひそめていた銀色オオカミが鼻をひくひくさせながらトニクロスに近づいてきました。

トニクロスの目を親しみを込めて覗き込んでいます。

「外に出てもいいかな?」

スワンレイの声が耳の奥によみがえりました。

本日のスープ

ワイヤー街の十七番地にその食堂はあります。

じつに小さな食堂で、店の名は〈ハンス〉。エンジェル・ケーキと呼ばれるまっ白なミルクケーキが名物なのですが、ミナは昼どきのいちばん遅い時刻に、その店でスープを一杯いただくのが習わしでした。

ミナは、この街の込み入ったビル群の一角で、「香り」をつくるのを生業《なりわい》としています。ミナのもとへ訪れる客人ひとりひとりに、それぞれふさわしい「香り」をつくるのです。いわばオーダーメイドの香水ですが、彼女がつくり出す「香り」をもとめて、国境を越えて訪れる顧客が何人もいるのでした。

客人は絶えることなく、そうした多忙な日々の、唯一の息抜きと言っていい時間が、〈ハンス〉の「本日のスープ」をいただくひとときでした。「本日のスープ」ですから、日によって供されるものは変わります。ミナは日々変わりゆくスープの味に、ときとして驚き、あるいは感嘆し、場合によっては背筋が伸びることもありました。

(どんなシェフがつくっているのだろう。一度、お顔を拝見してみたい)

かねて、そう思っているのですが、〈ハンス〉のシェフは人前に出ることを極端に嫌い、店の紹介や取材といったものに姿を見せたことがありません。

（いずれにしても、只者《ただもの》ではないわ）

日々移ろいゆくスープのたしかな味わいにシェフの矜持《きょうじ》が感じられました。

自分も（そうありたい）とミナは思うのです。


ミナは他所《よそ》の国からこの街へ流れついた異邦人です。何ヵ国もの言葉を自在に話すので、さて一体、どこの国の生まれなのか誰にも分かりません。ミナ自身もときどき分からなくなり、自分は、はたしてどこで生まれてどこで育ったのか、心もとない思いにとらわれることもありました。

なにしろ、母親が誰であるか知りません。物心ついたときには、父だけがかたわらにいて、その父とも、訳あって、もう長いこと離れ離れになっていました。

「でも」と彼女の顧客は評するのです。「彼女のそんな謎めいたところがいいのです。彼女がつくる、この世から離脱するための『香り』の素晴らしさと言ったら」

「離脱」という言葉を顧客たちはたびたび口にしました。彼女の「香り」をもとめる客人のことごとくが、「香り」に包まれるひとときによってこの世から離れ、ここではないどこかへ脱したいと望んでいるのです。

彼女が「香り」をつくり、その成果をそれぞれの客に施すほの暗い部屋を〈舞台袖〉と彼女は呼びました。この世を舞台にたとえるとすれば、その舞台袖に位置するという意味です。そこは工房でも店でもなく、路地の奥のそのまた奥にあるひっそりとした半地下の一室で、どの時間帯であっても陽が届かず、かといって、光を絶たれた闇にひたされているわけでもありません。ちょうどよい月明かりのようなほの暗さが、常にその部屋を満たしていました。

ただし、〈舞台袖〉で「香り」を纏《まと》うためには、その前に〈調香室〉で客人の望む「香り」について話し合う必要があります。客人がどのような生活をつづけてきたのか。そして、この先どのような未来を望んでいるのかを聞いた上で、その人にふさわしい「香り」を調合します。調合された「香り」は、掌《てのひら》の中におさまる暗緑色のひと壜に、ただひとつの「香り」として封印されます。

そうしてつくられた「香り」が導く先は、「黄金のまどろみ」と称される快い眠りでした。「離脱」の本質的な正体は甘美なまでの深い眠りであり、結局のところ、客人が揃いも揃ってもとめているのは、五感のすべてがまどろみの中へ溶けてゆく解放と脱力でした。

＊

「そう。よく眠れんのです」

その老人は新規の客人で、ミナの「香り」をもとめる人たちには老人が数多くいました。彼はそれらの老人たちとどこか違っていて、「眠れん」と本人が言うとおり、痩せて引きしまった体のあちらこちらから疲弊《ひへい》がにじみ出ていました。そのくせ、不快な印象は微塵もありません。隅々まで清潔で、短く刈った白髪は頻繁に理髪店に通っている証しでした。

「よく眠れないのは、何か心を乱すようなことがあるからでしょうか?」

ミナがそう訊ねますと、

「仕事がね」と老人はため息をつきました。「いや、仕事は好きで、毎日楽しく働いているんだが、なかなか満足いく仕事ができなくて」

ミナは老人の話をノートに書きとめていたのですが、どういうものか手もとが落ち着かず、文字がいちいちふらついてしまいます。

「あなたも、お疲れのようだ」

老人に言い当てられました。

「何か心を乱すようなことがおありかな?」

「いえ」とミナは言いかけて首を振り、「じつは父が」と口が勝手に動いていました。おそらく、目の前の老人に父親を重ねていたのでしょう。

「お父上が、どうかされたのですか」

「ええ。じつを言うと、父はもう長いあいだ眠ったままなのです。とても深い眠りに落ちてしまい、こちらへ戻ってこないのです」

「ほう」と老人は細くとがった顎に手を当てました。「こう言っては失礼かもしれんが、いかにも、おかしなことが起きているわけだ。あなたはといえば、われわれを深い眠りに誘《いざな》うのがお仕事なのだから」

「ええ。本当を言うと、わたしがもとめているのは、眠りに誘う『香り』ではなく、父を眠りから目覚めさせる『香り』なのです」

これまで誰にも話していなかったのに、ミナは自ずと老人に打ち明けていました。


ミナの父親は、若いときから「眠り姫」の研究に没頭していたのです。「眠り姫」の伝説は、のちに多くの人々に寓話として知られることになりますが、元となった伝承には不可解な点が多々あり、とりわけ、ミナの父がこだわったのは、姫が眠りにつく寝台の存在でした。

姫が眠りに落ちた理由はさまざまに考えられるのですが、じつは寝台にこそ秘密があり、ミナの父は伝承の源《みなもと》となる彼《か》の地に、いまもその寝台が保管されていることを突きとめました。のみならず、その古びた寝台を手に入れるべく、曾祖父の代から築き上げてきた財産をすべて売り払ったのです。

ミナの父はアパートのひと部屋に、「眠り姫の寝台」を運び入れ、その寝台の外観や造りといったものをミリ単位で精査しました。そしてついには、姫に倣《なら》って寝台に身を横たえ、自らの睡眠がどう変化するのか、克明な記録をのこしたのです。

その結果、ミナの父は伝承どおりの深い眠りに落ち、どのような医学的処置をとっても、いまだ眠りから覚めずにいるのでした。

ミナは父がのこした眠りの記録を何度も読みました。記録には、いよいよ深い眠りに意識を奪われていく寸前、

「いい香りがする。こころよい香りだ」

と記されていました。

実際のところ、父の眠る寝台の周辺になんらかの香りが感じられるわけではありません。ですから、それがどのような「いい香り」であったのかは分かりません。

そこから、ミナの「香り」に対する探求が始まりました。

「ですから、こうして毎日、『香り』をつくりつづけているのは、父に深い眠りをも

たらした『香り』を見つけるためなのです」

「なるほど」と老人は深々とうなずきました。

「もし、その『香り』を見つけたら、その『香り』を裏返すようにして、もうひとつの『香り』をつくれないものかと考えているのです。そうすれば、きっと父の眠りを覚醒させる『香り』が見つかるはず」

ミナはそこまで話して、ふと我に返り、

「失礼しました。余計な話を――」

あわてて口を閉ざしました。

(どうしたんだろう、わたし。どうかしてる)

頭を振って邪念を払い、調香に戻って、老人のための「香り」をつくりました。

その「香り」が老人を深い眠り――「黄金のまどろみ」へ見事に誘ったのは、百戦錬磨のミナにしてみれば、さしてめずらしいことではありません。〈舞台袖〉の寝台に老人は身を横たえ、全身に纏った「香り」によって、深海をたゆたうような未知の眠りを味わいました。

それは、どれほどの時間であったでしょう――。

時間もまた溶けてなくなるような甘い熟睡から老人が覚醒すると、ミナが用意した一杯のコーヒーをひと口飲み、「これは」と思わず声をあげました。

「このコーヒーは、あなたが淹れたものですか？」

「いいえ」とミナは肩をすくめました。「デリバリーです。ごく普通の」

「なるほど」と老人はいまいちど深々と頷きました。

（そうか。いま分かった。私がつくりたいのは、このようなスープだったのだ）

老人は見失っていたものを取り戻したような心地になりました。

（ごく普通か――なるほど）

その翌日。ミナはいつものように昼が終わる時刻に〈ハンス〉へ出向き、「本日のスープ」を注文して、それがテーブルに到着するのを待っていました。

他に客はなく、店内はしんと静まり返っています。厨房から、おそらく、ミナのスープをつくる音がかすかに聞こえ、ミナはその音に耳を傾けながら、父親のことを考えていました。

父に訊いたことがあるのです。

「父さんは、眠り姫に興味があるの？　それとも、『眠り』を研究したいの？」

すると父は、「どちらも同じことだ」と答えました。

「もし、眠り姫がこんこんと眠りつづけなかったら、興味を持つことはなかったろう。おそらく、眠りそのものにも目を向けることはなかった。つまり、私が魅《ひ》かれるのは、『眠り姫の眠り』なのだ。あの、もう二度と目覚めないかもしれない深い眠り」

その深い眠りに父自身が落ちてしまったのは、はたして幸せなことなんだろうか。

それとも、一刻も早く目を覚まして研究をつづけたいのだろうか。

（頭がぼんやりして分からない――）

ミナは自分もまた父の眠りに呑《の》まれていくような眠気を覚えていました。

やはり、疲れているのかもしれません。

そこへ、待ちかねていた「本日のスープ」が届き、ミナはさっそくスプーンを手にして身構えました。

なんの変哲もない白いスープ皿に金色にして透明なスープがたたえられています。

スプーンですくって口に運ぶと、

「これは――」

ごく普通でありながら、ひと口で目が覚めるような味わいでした。

〈貴婦人〉と泥棒

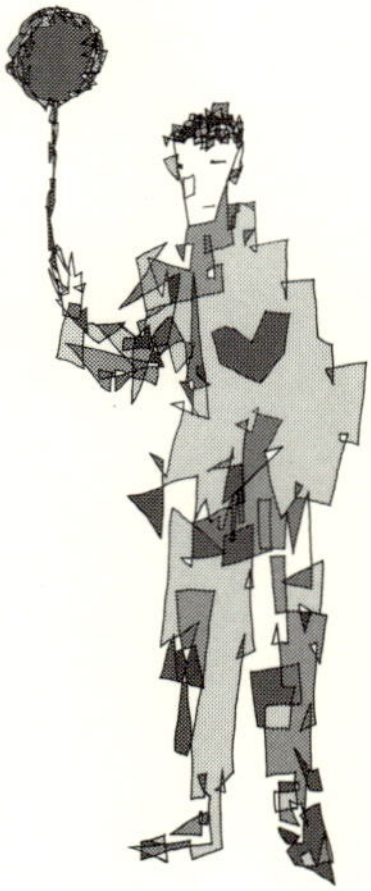

夜ふけに洗って干したズボンが、まだ充分に乾いていません。ポケットに手を差し入れると、ずいぶん湿っていて、もう少し干しておきたかったのですが、空は一面に灰色でした。まばたきを我慢して見張っていると、灰色の中に銀色の糸のような雨が降っています。

その雨の中を赤い風船がひとつのぼっていきました。

じきに昼になろうかという頃合いで、雨がひどくならないうちに新聞を拾いに行かなければなりません。

生乾きのズボンを仕方なく穿《は》き、（どうせまた濡れてしまうのだから）と自分に言い聞かせて部屋を出ました。

坂をおりながら空を見ていると、風船は赤い点となって空にあり、それも、ひとつだったものが、ふたつみっつと増えています。きっと、街の方で何か華やかなことでもあるのでしょう。

工場区を抜けてアーケードに差しかかったところで、舗道の端に新聞が捨てられているのを見つけました。見出し文字の青や黄色が雨に打たれて色が沈み、濡れた新聞

はなるべく拾いたくないと迷っていたら、

「おい」

聞き覚えのある、掠《かす》れた声が聞こえました。

さて？　と右へ左へ頭をめぐらすと、路地の入口の暗がりに墨色の服を着たジルが立っています。

「いいところで会ったな。お前にひとつ、仕事があるんだ」

ジルは人差し指を立て、こちらに来い、というふうに動かしました。僕の返事を待たずにジルは背中を見せて路地の奥へ歩き出し、急いで後を追うと、路地に響くジルの靴音に重なって、表通りから耳なれない音楽が聞こえてきました。

「あれは何ですか」とジルの背中に訊くと、

「巡回芝居の人寄せだろう」

ジルも足をとめて耳を澄ましているようでした。

「俺は芝居が苦手でね。音楽を鳴らして、でかい声を出したり――」

路地の途中の排気口に糸がからまり、空を飛んでいたのと同じ風船が肩の高さに揺れていました。赤い曲面に白い文字で「柘榴城《ざくろじょう》」とあります。どうやら、それが演目のようでした。

「ちっ」とジルは舌打ちし、くわえていた煙草の先を押しあてて風船を破裂させました。「こっちだ」と路地を進みながらも、風船を見つけるたび、次々と煙草で割っていきます。

「セリフっていうのが苦手なんだよ——どこか嘘くさくてさ」

路地の奥の突き当たりへ来ると、入口にバッテンの形に板が張られた店があり、「イズミ」と書かれた看板の文字は、ほとんど読めないほど消えかかっていました。以前は酒を飲むところだったのでしょう。ジルがじゃらじゃらと鍵を取り出して扉の鍵穴に差し込むと、じつのところ、バッテンには切れ目が入っていて、扉は難なく開く仕組みになっていました。

店の中は小さな窓がひとつあるだけで、目が慣れるまで様子が分かりません。かろうじて階段が見えましたが、二階は暗くて静かです。一階も倉庫のようにがらんとしていて、暗い中にゴムの匂いが香り、正確に言うと、ゴムと石炭が入り混じった匂いがしました。

その匂いを僕は知っています。祖父の匂いでした。

「こいつはゴム長の匂いだよ」

二人で暮らしていたときの祖父の声がよみがえります。

「――じつは――じいさんの後釜がな――逃げ出したんだよ」

ジルは声の掠れがひどく、ときおり強く咳込むので話が途切れました。

「そういえば――ここは火気厳禁だったな」

吸っていた煙草をコンクリートの床に捨て、黒光りのするエナメル靴のつま先で丁寧に押しつぶしました。

「じつは、ここで〈貴婦人〉を磨いてる。亡くなったじいさんと――逃げ出した後釜と俺しか知らない。そして、お前だ。な？　新しい後釜が見つかるまで、ここで〈貴婦人〉を磨いてくれないか――秘密の仕事だ。この場所も――この鍵も」

ジルは上着のポケットから茶色の封筒を取り出し、中から出てきた小さな鍵を差し出しました。それはひどく手垢で黒ずんでいて、鍵ではなく〈貴婦人〉のかけらのようにも見えます。

「週末に運び込んで、ここで磨いて箱に詰める。詰めたら――二階に上げといてくれ。運ぶのは俺がやる。今週から――始めてほしい。金曜の二十三時だ」

「ここはどのあたりなんでしょう？」

「映画館の裏のあたりだ――あとで詳しく教えてやる」

ジルは咳をしながら階段をのぼり、僕は少しずつ目が慣れて、暗がりに沈んでいたものが見えてきました。

部屋の隅の壁ぎわに誰かいます。

黒い服を着て、うずくまって――息をしていません。

僕は目を閉じて手を合わせ、自分の体が自分のものではないように感じました。涙が出てきません。どうしてか、僕は父と母が亡くなったときも、祖父が亡くなったときも、なぜか涙が出ませんでした。

僕はきっと薄情な人間なのでしょう。どこか、ねじがひとつ抜け落ちているのです。玉ねぎの皮を剝いても涙が出ないし、悲しくても嬉しくても涙が出ません。

「おい、お前——何してる?」

ジルの声に目をあけると、部屋の隅にうずくまった人が黒いゴム長に変わっていました。ジルは階段をおりかけたところで困ったような顔のままこちらを窺い、二階の窓を開けたのでしょう、その瞳が何色とも言えない光を宿していました。

「悪いが、二階も見てくれないか」

二階に上がると、壁に寄せられて、〈ノムラ二〇一電熱器〉と印刷された段ボール箱が積み上げられていました。僕の背丈を超えるほど積み上げられ、ざっと見た限り、他には何もありません。針金が仕込まれた窓がひとつきりあるだけで、カーテン代わりに貼りつけてあった段ボールが剝がれ落ちて、窓の下にぶらさがっていました。

「これがそうなんだが——」

ジルが〈電熱器〉の箱のふたをあけると、丸めた新聞紙の下に、形も色も艶《つや》も完璧な石炭がぎっしり詰め込まれていました。

最上級の石炭——〈貴婦人〉です。

こんなところに保管されているとは、石炭場で働いている者は、たぶん誰も知らないでしょう。

一回の石炭分けで、僕はおよそ六十粒ほどの〈貴婦人〉を探しあてます。〈貴婦人〉は他の石炭と違って、ひと粒ふた粒と数えるのですが、ジルの話では、祖父は一回で三百粒もの〈貴婦人〉を探り当てていたとか。

しかし、僕は祖父ではありません。祖父をかたちづくっていたものと、僕をかたちづくっているものは違います。なのに、いつのまにか祖父が働いていた石炭場で、〈貴婦人〉を選《え》り分ける仕事をしていました。

本当を言うと、僕はどんなものにも属したくないのです。なのに、祖父の血を引いているというだけで、見知らぬものが自分にまとわりついてくるのでした。


磨き方から箱に詰めるまでの手順をひととおりジルに教わり、

「さぁ、帰っていいぞ」

と路地へ送り出されると、雨はもうすっかりやんでいました。路地にはジルが割った風船のかけらが散っていて、拾い上げると、それもまた強いゴムの匂いを放ち、割れて縮こまった宣伝文句が、かろうじて読みとれました。


『柘榴城　ざくろじょう』

黒耳《くろみみ》一座・第八回興行。

〈ミナミ森操車場跡〉金土日の午後七時開幕。

＊

「それで結局、面白かったのかしら」

隣の席に座った女性が、ため息まじりに言いました。

「予想外の展開だったことはたしかよね」

向かいに座ったもうひとりの女性が早口に答えながら宙をぼんやり見ています。

午後十時に近づいたコーヒー屋で、僕はそんな時間にその店へ来たのは初めてで、いつもの昼の時間より席が埋まっていることに混乱しました。

金曜の夜というのはこういうものなのか。それとも、駅向こうで芝居を観た人たちが、たまたま夜おそくまで開いていたこの店に集まっているだけなのか。隣の女性たちにしても、最初は何の話をしているのか理解できず、そのうち、「柘榴城」という言葉が聞こえて、（ああ、そういえば）と風船の宣伝文句がよみがえりました。

「あの奇術師の女――」

「そうそう。あのひとが座長なんでしょう？」

「夢に見そうよね」

「きっと見るでしょう」

「みんな、見るでしょうね」

「今夜、お芝居を観たみんなの夢にあの女がやってくる」

頭の中で想像が駆けめぐり、あまりに駆けめぐり過ぎて追いつかなくなってきました。それでも、彼女たちの感想がつづくので、僕は芝居を観ていないのに、すっかり観たような気になっていたのです。

「そろそろ行きましょう」

彼女たちがようやく席を立ったとき、僕はなんだかぐったりしてしまい、これから仕事に取りかかるというのに、どうしたものかと、ぬるくなったコーヒーをゆるゆると飲み干しました。

ジルの話では、今週の作業で選り分けた〈貴婦人〉を、二十三時までに〈イズミ〉へ運んでおくとのこと。

「お前は自分で鍵をあけて入ってくれ——あたりの様子をうかがうのを忘れるな。道具は中に揃えておく」

ジルの言葉をひとつひとつ頭の中に並べ、胸のポケットに指を差し入れて、黒い小さな鍵の冷たさを確かめました。

こうした小さなものを僕はすぐになくしてしまいます。どうしてか、大切にすればするほどなくなるのです。だから、この鍵は大して大事でもないようなふりをして洗面台のコップに入れておき、うがいのたびに鍵をコップから取り出し、見て見ぬふりをしてうがいを終えては元に戻していました。

こんな秘密の鍵を、かつて、祖父もどこかにしまっておいたのでしょうか。

コーヒーの勘定を済ませ、月明かりに照らされた路地を暗い方へ進むと、自分の見当では、（二十三時まであと五分）という頃合いに〈イズミ〉に辿り着きました。

あたりは電気も届いていないような暗さの中に沈み、とにかく鍵を落とさないようにと手の中に握りしめていました。

（神様、どうか何も起きませんように——）

その願いは、バッテン印を切りひらいてあらわれた黒い影によって無惨に砕かれました。僕が鍵穴に鍵を差し込む前に扉がひらき、ひとかたまりの黒い影が勢いよく飛び出してきたのです。荒い息づかいが聞こえ、間違いなくそこに誰かが立っていました。黒いシルエットの背丈はジルほど高くなく、ということはジルではない誰かであり、何かを抱えて荒い息をしています。

「誰ですか」

影に向かって声をかけてみましたが、すぐに後悔しました。ジルではないことは分かっていたし、ジルでないのなら、もし、影が返事をしても、僕はきっとその人を知りません。知らない誰かは、いきなり僕に声をかけられて気が動転したのでしょう、抱えていたものが腕からずり落ち、乾いた音をたてて足もとに散らばりました。僕が祖父であったら、おそらくその音だけで、それが〈貴婦人〉であると見抜いたはずです。

散らばったものを拾い上げ、手ざわりを確かめた瞬間、額の真ん中に思わぬ衝撃を受けました。味わったことのない熱い痛みが額の一点に集まり、

「泥棒──」

と僕は言いかけて声が弱まりました。

ふと思い出したのです。仕事から戻った祖父が、電気もつけずに台所の窓辺で手の中の黒いかたまりを見つめていたのを。

あれは〈貴婦人〉でした。

魔が差して、にわか泥棒となった祖父の手の中で、窓ごしに届いた月の光を集めて、ほのかに輝いていました。

〈貴婦人〉と青いかけら

その黒い影はひび割れた低い声で「ごめん」と言いました。

後ずさりしながら、しきりに「ごめん」と繰り返しています。しかし、その「ごめん」が闇の中に消え去ると、自分ひとりが暗い路上にのこされていました。

そのひとは泥棒に違いありません。

泥棒なのですから急いで追いかけるべきで、のみならず、そのひとは僕の額をひどく硬いもので殴りつけたのです。すぐに、「ごめん」と謝ったけれど――。

足もとに散らばった〈貴婦人〉を手探りでかき集め、額をおさえながら泥棒が逃げた方角を闇の向こうに探りました。

すると、少し離れた路上に黒いひと粒が鈍く光り、這うように近づいて拾い上げると、その先に、もうひと粒ころがっていました。まるで、泥棒は僕が道を見失わないよう、目印を置いていったかのようです。

月の光を頼りに辿っていくと、暗い路上に〈貴婦人〉が次々と浮かび、なぜ、猫の目でもないのに見分けられるかと言うと、〈貴婦人〉こそが夜の路上で何よりも黒かったからです。その黒さにくらべれば、夜をかたちづくるものは、まだずいぶんと青く見えました。〈貴婦人〉がひと粒そこにあるだけで、夜はいくつもの青い色に塗りかえられ、僕という人間もまた、この夜のひとつの青いかけらでしかありません。青い服を着て、青い顔をして、青い前髪から覗く額の痛みだけが、夜から切りはなされたように熱を帯びていました。

一体、いくつ〈貴婦人〉を拾ったでしょう。青いズボンと青い上着のすべてのポケットから〈貴婦人〉がはみ出し、もうそれ以上、拾えなくなったところで、ゆるい坂にさしかかりました。

前方に赤い小さなランプが瞬《またた》いては消え、「駄目だな」と男の声が聞こえてきます。「駄目だ駄目だ」と別の声も聞こえ、

「おい、あれは誰だ」

また別の声が聞こえました。誰かが素早く走ってきて、「誰だい、お前」と顔を近づけてきます。白粉《おしろい》の匂いが漂い、そのひとの顔はそのときの青い空気の中でいちばん白に近い青でした。

「お前、怪我をしてるのか」

青白い手がのびてきて、僕の前髪をかき分けます。

「血が出てるじゃないか」

声がひとまわり大きくなり、「なんだ」「どうしたんだ」「何があった」とみるみる増えていく男たちの声に囲まれました。

「血が出てるんだよ」と最初の男が言うと、「血が出てるのか」と誰かの声がまた大きくなりました。

「早く手当てをした方がいい」「ちょうどいいじゃないか。俺たちは〈大病院〉へ帰るんだから」「冗談を言ってる場合じゃない」「マユムラに診《み》てもらおう」「だけど、トラックがいかれて動かないぞ」「みんなで押せばなんとかなるだろう」

男たちは誰もが白粉の匂いをふりまき、そればかりか、眉を濃くしたり、まぶたを赤や紫で染めているひともいました。

たぶん、このひとたちは泥棒ではありません。

役者です。

「大病院」や「マユムラ」が何を意味するのか分かりませんが、僕は「血が出てる」

怪我人ということになり、白粉の匂いがする男たちに抱えられて坂の上へと運ばれました。いまさっき、赤いランプが点滅していたところです。

点滅していたのは軽トラックのテール・ランプで、僕はそのトラックの助手席に放り込まれ、体勢を整えた途端、ハッカ煙草の煙にむせかえりました。

「姉さん、こいつ、ちょっと血が出てるんで——」

誰かが誰かにそう言うと、

「なんの話？」

女のひとが運転席の窓をあけ、外の誰かに訊き返しました。

「車はやっぱり駄目なんで、俺らがうしろから押します」

言い終わらぬうちに男たちのかけ声が聞こえ、音もなくゆっくりトラックは動き始めました。女のひとはだるそうに煙を吐いて僕の顔をしげしげと眺めています。

「本当だ。あんた、おでこから——」

細長い人差し指が額にかすかに触れ、女のひとの体全体から男たちと同じ白粉の匂いが迫ってきました。

「あんた、これ、血糊《ちのり》じゃないね?」

答えようとして、僕はそのひとの顔をよく見ようとしたのですが、煙草の煙がしみるのか、それ以上、目をあけていることができなくなりました。

＊

目覚めると、白い服を着た男が僕の目を覗き込んでいて、「あ、まだ起き上がらないでください」と静かな声で言いました。

そのひとは、まぶしそうな目をしていましたが、部屋の中はまぶしいどころか薄暗く、天井が異様に高くて上の方はよく見えません。ほとんど夜空のようで、細いコードが二本ぶらさがって、その先に小さな裸電球が灯っていました。

「ここは〈大病院〉の〈大施術室〉といいます。いまは使われていません。確認できるのは、扉にのこされた部屋の名前だけで、ですから、〈大施術室〉が何をするところだったのか僕らも知らんのです。あ、御存知かどうか——僕らは旅してまわる劇団なんです。いまは駅向こうの操車場があったところに小屋を建ててお芝居をしています。しばらくここにいる予定で、なにしろ僕らはお金がないので、寝泊まりするのは宿ではなく、こうしたところを支援者に御提供いただいているわけです」

僕は寝台の上に横たわっていて、硬いけれど枕もあり、そればかりか、きちんと喉もとまで毛布がかけられていました。病院でしか見たことのない機械が寝台の横にあり、僕の目を覗き込んでいる男のひとは、病院の先生と同じ格好をして、胸の名札に「マユムラ」とありました。

「あ、これは以前、ぼくが演じた医者の名前です。当たり役というヤツでして、そのとき、医者の生態をずいぶん研究したんです。以来、皆からマユムラと呼ばれ、この移動式寝台や点滴装置も、どれも舞台で使ったもので本物ではありません」

そんなふうに見えませんでした。でも、このひとの——マユムラさんの言うことが本当なら、〈大病院〉という大げさな名前も、お芝居の中に出てきたものなのかもしれません。

「ようするに、ぼくは本物の医者ではないんです。でも、演じているうちに、ずいぶん医者らしい真似ができるようになりました。ちょっとした治療なら——たとえば、あなたのおでこの傷を治すくらいなら、お手のものです」

僕は頭の中のゼンマイがほどけてしまったように混乱していました。「マユムラ」はお芝居の中の名前で、本当は医者ではないし、そもそも、この人はマユムラさんでもない。

「傷を消毒したときに見つけたんです」

マユムラさんは手にしたコップを電球にかざしてみせました。

「ほら、コップの底に黒い点のようなものがいくつもあるでしょう？　あなたの額の傷からピンセットでつまみ出したものです。とても硬くて、虫眼鏡で覗くと、あたかも黒いダイヤのようにちらちら光っています。理科の授業が好きだったぼくも知らないものです。これはその知らないものが割れたかけらで、つまり、あなたの額にそんなものが打ちつけられたわけです」

マユムラさんの目がまぶしげに細められ、僕はその目に気づかれないよう、毛布の中でズボンのポケットに触れていました。合計、四つあるポケットにひとつひとつ触れ、上着のポケットにも触れてみましたが、どこにも〈貴婦人〉はありません。

「これは一体なんでしょうか？　きわめて硬いのに、きわめて脆《もろ》いものです。何か思いあたることはありますか」

思いあたるどころか、僕はそれが何なのか正確に知っていました。コップの中の黒いかけらに、小さな黒い鍵を思い出し、きっと、あの鍵もどこかに落としてしまったのでしょう。ジルに「秘密の仕事」と念を押されたのに、僕はその秘密をあっけなくなくしてしまったのです。

「あなたはおそらく、誰かに殴られたのです。こいつでね」

マユムラさんが鈴を鳴らすみたいにコップを揺さぶると、〈貴婦人〉のかけらがサラサラと音をたてて、

「マユムラ？　その子はもう起きたかい？」

と女のひとの声がドアの向こうから聞こえました。

「いま、あけます」

ドアがひらかれると、白粉とハッカ煙草とトラックの記憶がよみがえり、あのとき

のあの女のひとがそこにいました。裸電球に照らされたそのひとは、何色とも言えない、さまざまな色を織りまぜた着物でも洋服でもないものを羽織っています。

「お帰りなさい、アカネさん」

「今日は土曜日だったから、びっくりするくらい大入りだったよ」

「それはよかったです。ぼくは今回、出番がなくて残念ですが」

「でも、マユムラが留守番をしてくれるおかげで、みんな安心だよ。こんな暗いところに一人でおっかないだろうけど」

女のひとは、「アカネさん」と呼ばれているようで、それが本当の名前なのか、それとも演じている役の名前なのか、僕には分かりません。ただ、アカネさんもまた役者であることは間違いなく、奇妙な色の服も、その袖口がほつれて破れている感じも、他にはないどこか特別な感じがありました。

アカネさんは僕の顔を見ると、やはりまぶしげな目になり、「お前、お腹《なか》が空《す》いたろ?」とそう言って、

「この子は、わたしの部屋へ連れてゆくよ」

と寝台の背もたれについた鉄パイプを握りました。突然、寝台が音をたてて動き出し、脚に車がついているのか、小さな寝台はきゅるきゅると変な音をたてながらいびつに走り出しました。夜空のような天井の下を移動し、ドアを抜けて廊下まで出ると、廊下もまた同じように天井が高くて夜空がつづいています。

「おかしなところだろ?」

アカネさんの声が廊下に響きました。

「なんでもかんでも大きめにつくられていて、部屋もうんとある。さぞや、昔は大病院だったんだろうね」

廊下を進む寝台が、きゅるきゅると音をたてていました。

「ここはもう長いこと、こんなでね、もちろん電気も届かない。わたしたちがいるあいだだけ、特別に通してくれてる。大人物のおかげでね。お前も知ってるだろ? あの大人物」

「いえ、会ったことはありません」

「ふうん。それがお前の声なんだ。とてもいい声じゃないか。なにせ、お前は昨日の夜からずっと眠りつづけていたからね。よほど疲れていたんだろう。石炭場で働く者は長く生きられないと聞いたけど、お前のおじいさんは例外だったそうじゃないか。でも、お前はまだ若いんだから、よく考えた方がいい」

「どうして知っているんですか、僕のことを」

「石炭場のことは大人物に何度も聞かされてる。お前のことは、ポケットに詰め込まれていたもので察しがついたよ」

そこで寝台がとめられると、緑色のぼやけた光が広い空間の隅に浮かんでいました。緑に白い文字で〈大非常口〉とあります。

「ここは〈大玄関〉といって、その小さな部屋が〈大受付〉。あとは――そう、あそこをごらん」

アカネさんが指差した先に案内図があり、〈大階段〉〈大病室〉〈大食堂〉〈大電話室〉〈大売店〉〈大休憩室〉〈大浴場〉〈大製剤室〉〈大施術室〉〈大解剖室〉〈大レントゲン室〉〈大隔離部屋〉といった名前が並んでいました。

「電気が来てる部屋は限られていてね、わたしの部屋は〈大休憩室〉。他の皆も好き勝手に選んでるよ」

緑色の光に照らされて〈大玄関〉を横切り、

「ここだよ」

寝台ごと部屋の中に入ると、左右に裸電球が灯され、それはおそらく二十ワットに違いなく、僕の部屋にぶらさがっているものと同じでした。

「お前、帰るところはあるのかい？」

そう訊かれて、あの小さな部屋を思い浮かべました。

（はたして、あの部屋が自分の帰るところなんだろうか）

「どうなんだい？」

「——あるにはあるのですが、仕事をしくじってしまったので、もう戻れないかもしれません」

「お前、本当にいい声だね」

声を褒められたことなど一度もありません。

「役者は声が命なんだ。お前、もしかして、いい役者になるかもしれないね」

「役者ですか——」

「お前の人生はまだまだ先が長い。ここでゆっくり休んで考えたらいいよ。コーヒーをいれてあげよう」

アカネさんはかたわらにあったケトルを手にし、

「インスタントだけどね」

と、さみしげに笑いました。

カンバヤシ珈琲店

〈カンバヤシ珈琲店〉のマスターの名はカンバヤシではありません。

マスターの名はナカヤシキといって、本人いわく、「自分はもう人生の終わりに到着してしまった」とのこと。

以前は、〈第三途中楽団〉なる、おかしな名前を掲げた音楽隊の一員だったのですが、メンバーが揃って亡くなってしまい、

「あとはもう、猫の目ヤニをとってやるのが自分にのこされた仕事だ」

とナカヤシキさんは自分に命じたのです。

ところが、音楽隊の一員であったカンバヤシさんのご子息より、「もし、よかったら」と店の引き継ぎのお話をいただいたのでした。亡くなったカンバヤシさんは音楽隊のピアノ弾きでしたが、そのかたわら、街の片隅で珈琲店を営んでいたのです。

「そうですね――」

ナカヤシキさんはしばし考え、考えた挙句、「夜だけなら」と承知しました。

じつのところ、ナカヤシキさんは夜になると暗い穴の中に引き込まれるような心細さに襲われ、長年、同居してきた猫の目ヤニをとってやる余裕もなくなっていたので

す。そんなことなら、なんであれ、働いた方がいい——そう考えたのです。

しかし、「夜だけ」の「夜」というのは、はたしていつ始まるのでしょう？　つらつらと考えるうち、この小さな街に鳴り響く五時のサイレンが聞こえてきました。

「なるほど、そういうことですか」

ナカヤシキさんは神の声を受けとった思いになりました。

＊

「ソーセージはどこへ行ってしまったのでしょう？」と、マスター——ナカヤシキさんです——に訊ねたのはタバネダさんでした。

束田と書いて、「タバネダ」と読みます。常連客の一人でありましたが、初めて店へ姿を見せたとき、多くの客がそうするように、「今夜の特別」を注文しました。

「今夜の特別」というのは、朝と昼に店を閉じている〈カンバヤシ珈琲店〉の「モーニング」や「日替りランチ」にあたるものです。

その夜は、ピザ・トーストを提供するつもりでしたが、うっかり食パンを切らしてしまい、致し方なく、ストックのあったコッペパンにピザ・トーストの具材——それはトマトとピーマンと玉ねぎを炒めたものにケチャップとタバスコとチーズをまぶしたものでした——を挟み、変則的なピザ・トーストのつもりで「今夜の特別」としたのです。

これを食したミスター・タバネダが、

「ソーセージはどこへ行ってしまったのでしょう?」

と目を見張りました。いえ、タバネダさんは、何も怒りを覚えてそう言ったのではありません。その形状からして、(これはホットドッグであろう)と思い込んだのはそのとおりでしたが、「どこへ行ってしまったのでしょう?」と言いながらも、彼は清々しく愉快な心持ちになっていたのです。

というのも、タバネダさんは物事の端の方にあるものを尊《とおと》び、食べもので言えば、「切り落とし」と称されるものを、ことのほか好んでいました。たとえば、ロールケーキやのり巻きなどの端を切り落としたものが、ときおり店の片隅に置かれていて、

「万年貧乏」を標榜するタバネダさんにしてみれば、「福音《ふくいん》！」と声を上げたくなるほどの安価――限りなく無料に近い値段――で販売されているのでした。

そうした端の方の不完全な食べものを常食としていたので、ソーセージの見当たらないホットドッグらしきものにいたく感じ入ったわけです。


さて、〈カンバヤシ珈琲店〉には他にも常連客と呼んで差し支えのない面々が、あと三名いらっしゃって、その一人はトキコさんといって、きっと若いのだろうけれど、あくまで年齢不詳の女性でした。

「あっ」と声をあげるなり、コーヒーがなみなみと注がれたカップをテーブルに戻し、

「そういえば、わたし、喪服を持っていなかったんだ」

マスターの耳に届くほどの独り言を漏らしました。

「喪服？　とおっしゃいましたか」

マスターが確かめますと、

「そうなんです」

トキコさんは舌を火傷《やけど》しないよう慎重にコーヒーをひと口いただきました。

「急に大伯母が亡くなって、このあとお通夜に行くんです」

口をへの字にして首を振っています。

「だけど、喪服って、いつ買ったらいいのか分かんなくて」

「ごもっともです」

マスターが同意しました。

「喪服を買ってしまうことで、不吉を呼び込んでしまうような気がしますよね」

「ですよね」

そんな会話がなされているところへ、いま一人の常連客であるタカノクラさんが、

「こんばんは」と静かにあらわれました。なにやら革製の立派なケースを抱えており、
マスターは一瞥で、「それは楽器ですね」と見抜きました。さすが元音楽隊です。

「ご明察――」

タカノクラ老師は力なく返答しました。

「老師」というのは、その見事な髭と年代物の銀ぶち眼鏡による印象に過ぎず、実際

の氏は老いてもいなければ師匠でもありません。どちらかと言うと、気の弱い、常に疲れているような人で、

「いやはや、どうにも困りました」

と著《いちじる》しく肩を落としていました。

話を聞けば、老師はこれまで数々の懸賞に応募し、そのすべてにことごとくはずれ、その結果、百八十六にものぼる「残念賞」をいただいてきたといいます。

ところが、このたび人生初の「一等賞」を引き当て、その商品が、老師いわく「音の出ないラッパ」であったとのこと。

「本当に音が出ないんですか?」とタバネダさんが訊ねますと、

「出ませんねぇ」

老師はおもむろに革のケースをひらき、中から金ピカのラッパ——それはそれは見事なポケット・トランペットでした——を取り出すと、皆が声を揃えて、

「おお」

と感嘆の声を上げました。

「それって」とトキコさんがすかさず茶々を入れます。「音が出ないんじゃなくて、老師がラッパを吹けないってことでしょう?」

「まぁ、そうなんですけど」と老師。「でも、どちらも同じじゃないですか? 宝の持ち腐れというやつです。まさか、この私が一等賞を取るなんて」

「マスターはラッパは吹けないんですか?」

トキコさんが水を向けますと、

「僕はもっぱらギターだけですから」

マスターはギターを弾く身ぶりを交えて首を振りました。

「そういえば——」

タバネダさんが記憶の底の方を探る顔つきになりました。

「たしか、ミタライさんがラッパを吹いていたと聞きました」

「ミタライさんが?」「本当に?」「あのミタライさんが?」

皆が口々に疑念を表しますと、

「そろそろ、いらっしゃるんじゃないかしら」

というトキコさんの言葉が合図であったかのように、

「こんばんは」

開かれたドアから吹き込む夜風と共に、噂のミタライさんが来店しました。

「皆さん」と第一声。「ご存知でしょうか?」

ミタライさんもまた年齢不詳の自称「青年」ですが、いつまでも青臭さが抜けていないという意味では、そのとおりかもしれません。誰かが口にした「あのミタライさん」の「あの」とは、「不器用で」「気が利かなくて」「何ひとつできない」といったようなことを意味しています。そのくせ、世事には疎《うと》いのに妙なことばかり知っていて、いつものテーブルに落ち着いて、いつもの「きわめて苦いコーヒー」を注文すると、急に神妙な顔になって、

「今宵は火星が地球に最も接近する夜だそうです」

と皆に告げました。

「へぇ」「そうですか」「火星がねぇ」

皆は火星に関する知識をほとんど持ち合わせておらず、接近したらどうなるのかと

いうことにも何ら興味がないようでした。

ミタライさんとしては、自分が皆の役に立っていないことを残念に思っていましたので、火星が接近しているというニュースを聞いたら、皆が驚いたり喜んだりするのではないかとひそかに胸をおどらせていたのです。しかし、何ら芳《かんば》しい反応は得られず、拍子抜けしたミタライさんは、「そういえば」と傍らに置いた大ぶりのショルダーバッグの中を探り、

「ビスケット工場の前を通りかかったら、これを売っていたんです」

とビニール袋に詰め込まれた「こわれ菓子」を取り出しました。タバネダさんに手渡しながら、「お金はいりません。タダ同然でしたから」と付け加えますと、

「いいなぁ」

トキコさんがめずらしく甘えた声になりました。

「もしかして、そのバッグの中に喪服とか入ってたりしません?」

試しにそう言ってみたところ、

「ありますよ」

ミタライさんは、「たったいま、クリーニング屋から引き上げてきたばかり」というプロンプター用の衣装をバッグの中から取り出しました。

「喪服ではありませんが、黒い服です。しばらく、プロンプターのアルバイトは休業なので、どうぞお使いください」

「最高よ。信じられない」

トキコさんはクリーニング屋のタグがついた黒シャツと黒ズボンを検《あらた》め、サイズも自分にちょうどよさそうだと知ると、「もしかして、火星が近づいたときは願いが叶うのかしら」とデタラメな思いつきを口走りました。

「そうかもしれないね」とタバネダさんが同意すると、マスターも頷いて、「言ってみれば、流れ星みたいなもんだし」ともっともらしいことを言いました。

「では、ついでに私の願いも叶えてくださいませんか」

タカノクラ老師が持て余していたトランペットをミタライさんに手渡し、「吹き方を教えてください」と請うと、

「これはまたいいトランペットですね」

ミタライさんは手慣れた様子で金ピカの楽器を構え、躊躇《ちゅうちょ》することなくマウスピースに唇をあてました。

（なんだか、皆が喜んでるみたいだ）

ミタライさんもまたそこで思い当たったのです。

（もしかして――）

デタラメではないのかもしれません。

（火星が近づいた夜は願いが叶うのかもしれない）

そんな夜にふさわしい、どこかさみしいような、それでいて、贈りものをもらったときのように嬉しいような、苦くも甘いトランペットの音色が〈カンバヤシ珈琲店〉に響きわたりました。

むっつめの本

彼は生きているあいだに、いつつの本を書きました。

そういうことになっています。

すこしばかり昔の話です——。

五冊の本ではなく、「いつつ」であると、彼はその言葉を読者に向けた手紙の中に記していました。

彼は一度として読者の前に姿をあらわさなかったのです。

「いつつの本」を書き、そのあと、「むっつめの本」を書いていたと言われているのですが、その本はついに誰にも読まれることなく、彼はその「むっつめ」と共に行方をくらましてしまいました——。

世の中においては、ひとまずそういうことになっています。

彼が書いた「いつつの本」は、彼が姿を消したあとも多くのひとびとに読まれ、読んだひとの多くが、彼の本を大切にしていました。

そういう時代だったのです。

本がひとの心のなかで小さなあかりとなり、そのひとが生きていく時間をやわらかく照らしていました。

そういう時代に、彼は「いつつの本」を書いたのです。

いえ、いっぺんに、いつつ書いたのではありません。

ひとつ、ふたつ、みっつと、ゆっくり少しずつ書き、それが、ひとつ、ふたつ、みっつと、本屋のはしの方にひっそりならべられたのです――。


すみません、ここで、僕の話を聞いていただくことになります。

僕は街のなかのはしの方で小さな古本屋をいとなんでいる者です。

とくに変わったところのない、街のはしの方にある、ごくふつうの古本屋です。

でも、僕という人間や、僕のお店にこれといった特徴がないとしても、古本屋にはときどき特別なひとがやってきます。

本を売りに来るひとというのがいらっしゃって、そのなかには、驚くような本をたずさえていらっしゃる方がいるのです。

そのひとのお名前はF氏といって、F氏の外見はどことなく僕と似ており、やはりこれといった特徴がありません。メガネをかけていて、そのメガネのつるが少しまがっているらしく、鼻のうえでメガネの全体がわずかにかたむいていました。

F氏はそれが気になるのか、店へいらっしゃると、かならず帽子をぬいで僕にあいさつをし、メガネの位置をなおしながら、

「なにか、うれしい本はありませんか」

と、そうおっしゃるのでした。

おかしな本ではなく、かなしい本でもなく、F氏はいつも「うれしい本」をもとめているのです。

さて、「うれしい本」とはどんな本なのかと考えてみますと、なかなか、「この本がよろしいです」とお勧めするのはむずかしいのでした。

でも、それでは古本屋としてはずかしいではありませんか。

それで、僕はいつも店の本を整理しながら、「うれしい本」のことを考えていました。棚にならぶ本の背表紙の題名をひとつひとつ読み、「うれしい本」はどこにある

のだろうと探しつづけていました。

しかし、F氏が特別なひとであるというのはそのことを言っているのではありません。もっと、おどろくようなことがあったのです。


ある日のこと――。

それは、いくら考えても「ある日」と言うしかないごく平凡な日で、夕方を過ぎて空には月があらわれ、街のあちらこちらに夜のあかりが灯《とも》されていく刻限であったと思い出されます。

「こんばんは」

帽子をとりながらF氏は店にあらわれ、いつものように、「なにか、うれしい本はありませんか」と、おっしゃるのだろうと身構えていました。すると、

「今夜は本をひとつ買っていただきたいのです」

と、そうおっしゃり、

「お売りになりたい本があるのですね?」

と確認いたしますと、

「いえ、ほんとうを言いますと売りたくはないのです。ですが、貴殿はいつも、わたくしの望みどおり、うれしい本を見つけてくださいます。そこで、本日はわたくしの方がお返しとして、あなたに本を差し出したいのです」

F氏はそう言って、ふところから一冊の本をとりだしました。

「どうぞ」

手わたされた本をあらためますと、どうやら手づくりのようで、なかの文字も印刷された文字ではなく、誰かがひと文字ひと文字、インクをつけたペンで書いたもののようです。というのも、ところどころインクがにじんで読めなくなってしまったところがありました。

「これは――」

その本がどんな本であるのか訊ねようとしましたら、

「いえ、いますぐに買いとってくださらなくてもかまわないのです。貴殿がそれを読まれ、そのうえで値段をつけていただければ」

そう言ってF氏はぬいでいた帽子をかぶりなおし、

「では」

本を置いて店を出ていってしまわれました。

じつは、それ以来、F氏は店にあらわれず、こちらの手もとにのこされたのは、F氏が置いていった一冊の本だけ、ということになりました。

手書きでつづられた薄手の小さな本です。

読みはじめてすぐ、これは誰にも言わずにおいた秘密が書かれたものであるとわかりました。

「いつつの本」を世に送り出した、あの作者の秘密です。

今宵はあの日と同じ月の明るい晩です。あの日と同じように、ゆっくりページをめくりながら読んでみましょうか——。

＊

わたくしは、これまでに「いつつの本」を書き、これが、「むっつめの本」ということになります。

わたくしが、この本に書きたいのは、これまでの「いつつの本」が、どのようにして書かれたのか、というお話です。


まずもって、じつのところを申し上げますと、あの「いつつの本」は、わたくしが書いたものではないのです。

あれらの本は、わたくしの書斎に夜ごとあらわれるゴオストが書いたものでした。

ひとつ、ふたつ、みっつ、よっつ、いつつ、とすべてゴオストが書いたのです。

そのゴオストというのは男性のゴオストで、年齢は分からないのですが、つねに礼儀ただしい紳士でありました。

わたくしの書斎のわたくしの机にむかい、

「少しのあいだ、書かせていただいてもよろしいでしょうか」

と申しわけなさそうに言うのです。

さいしょは、正直に申し上げると、いささか迷惑でありました。

しかし、

「ありがとうございました」

と言いのこしてゴオストが立ち去ると、机のうえにそれまで書いていたもの――それは白い紙にペンで書かれた物語でした――が、そのままのこされていました。

読んでみますと、それは、おかしな話でありながら悲しい話でもあり、なんというか、胸の内側からじわじわと希望が湧いてくるようなお話なのでした。

ただ、物語は途中で終わっていて、さて、この先どうなるのだろうと案じていましたら、つぎの日の夜もまたゴオストはあらわれ、

「申しわけありません」

と言いながら机にむかい、昨夜のつづきを粛々《しゅくしゅく》と書いているのでした。

ある夜のことです。

ゴオストは、いつものようにひとしきり書きつづけ、とつぜんペンの動きをとめて、

「おわりました」

と、わたくしに向かってそう言いました。

どうやら、ひとつの物語が完結したようで、

「もし、ゆるされるのであれば」

とゴオストは、あらたまって言いました。

「この物語を、あなたの書いた物語として発表してくださいませんか」

わたくしはそのころ、街のはずれで発行している小さな新聞に短いコラムを書く仕事をしておりました。言ってみれば、もの書きのはしくれでありましたから、礼儀ただしく懇願する彼の望みにこたえたくなり、知りあいの編集者に持ちかけて、どうにか出版の手はずをととのえました。

「あなたのお名前で刊行することも可能です。その方がいいのではありませんか」

わたくしはゴオストにそう申し上げたのですが、

「いいえ、自分は一介のゴオストであります。すでに、この世に存在しないものが物語を書いているのは、おかしなことではないでしょうか」

やはり申し訳なさそうに言いました。

「ですから、もし、ご迷惑でなければ、あなたのお名前で刊行してください」

その一点張りで、ゴオストは自分の名前を、わたくしに教えてくれないのです。

仕方なく、わたくしの名前でゴオストの書いた物語を出版しました。なんであれ、世に問う価値のある物語だと確信していたからです。


そうするあいだにも、ゴオストは夜な夜な書斎にあらわれ、ふたつ目の物語、みっつ目、よっつ目、いつつ目——と休みなく書きつづけました。

いつつの物語は「いつつの本」となり、いずれもすこぶる好評でありましたが、わたくしとしては、期せずして世間をあざむいてしまったようで、あまりよい気分ではありませんでした。

もし、ゴオストがむっつ目の物語にとりかかるようであったら、

「これ以上は、もう、やめておいた方がよいのではないでしょうか」

と説得しようと思っていたのです。

ところが、ゴオストはいつつ目の本の刊行を見届けると、

「たいへんお世話になりました」

と深々と頭をさげました。

「これでおしまいになります」

そう言うのです。

「おしまい？」と訊きますと、

「はい。自分は、このいつつのお話の中に、自分の人生を物語に置きかえて、すべて書きました。ものごころついてから臨終のときをむかえるまで、すべてです」

たしかにそのとおりで、いつつ目の物語のおわりは、主人公が天に召される様子が克明にえがかれていました。

「物語に置きかえてはいますが、すべて、自分の経験をそのまま書いたのです。それが自分の望みでありました。これまで、だれひとり成し得ていないのではないでしょうか。あるいは、この世を去る、ひとつ手前くらいまでは書くことができるかもしれません。しかし、おわりをむかえるその瞬間を自らの経験として書くことはできませ

ん。ところが、ゴオストには可能なのです。可能であるということが身をもってわかりました。ありがとうございました。これで、思いのこすことなく、この世を去ることができます」

それきりゴオストはあらわれなくなりました。

わたくしはいま、読者の皆さま、および版元より「むっつめ」の本をもとめられております。しかし、いま申し上げたとおり、ゴオストは天上へ還《かえ》りました。すなわち、真の作者はもうこの世にいないのです。したがいまして、これより先は彼の人生ではなく、わたくしの人生を物語として語って参りたいと思います。

というのも、わたくしもまた、すでにこの世にいないからです。ですから、ゴオストがそうしたように、わたくしもまた、とある親切なお方——F氏というお方です——の書斎と机をお借りし、このように書かせていただいている次第であります。

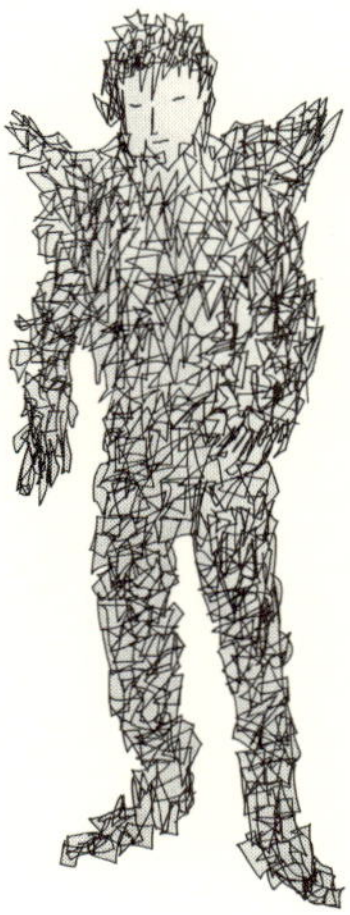

空を飛べなかった男

名乗るほどの者ではない、と彼は言いました。

一度だけ新聞に載ったことがあり、その紙面でハルトは、「空を飛べなかった男」と呼ばれていました。七百八十名いた「自然飛行士候補生」の中で、ただひとり彼だけが空を飛べなかったのです。

おそらく、背中の羽が未熟だったのでしょう。すべてにおいて、彼はそうでした。何かが足りないのです。だから、ハルトは飛ぶことをあきらめました。

大人たちの意見はさまざまで、「そう簡単にあきらめるな」と言う人と、「引きぎわが肝心なんだ」と言う人がいました。

でも、彼は最初から分かっていたのです。自分は空を飛ぶのにふさわしい者ではない、と。

それで、叔父の仕事を手伝うことになったわけです。ハルトの叔父の仕事は——さて、どう説明したらいいのでしょう——ハルトにとっては、「万物調達屋」でしたが、

「万物なんて大げさだ」

と叔父は一笑に付しました。

「〈水曜休みの売店〉でいいんだよ」

実際、叔父の店は〈水曜休みの売店〉と看板を掲げ、誰もがその飾り気のない名に親しんでいました。その名のおかげで店の定休日が明快に伝わりましたし、店の小ぢんまりとした印象にもよく似合っていました。

というのも、店とはいっても折りたたみ式の簡易屋台で、少しずつ移動しながら街から街へとめぐり歩いては、万物――すなわち、この世のすべてを販売していたのです。もちろん、折りたためるほどの小さな店にこの世のすべてを網羅するのは不可能でです。ですから、ハルトの叔父はまず、お客様の注文を聞き、世界中のありとあらゆる問屋や卸屋《おろしや》から注文の品を調達してくるのでした。

それなりに繁盛していました。

「でした」「いました」と昔語りになってしまうのは、ハルトの叔父はもうこの世にいないからで、いまはハルトが、〈水曜休みの売店〉の店主なのです。

今際《いまわ》のきわに叔父が言いました。

「すべて、お前に任せよう。だけど、もし、うまくいかなくても泣くことはない。お前はすぐに泣くからな。挫折はいいものだ。葛藤や迷いが人を成長させるのだから」

きれいに磨いてポケットにしまっておきたい言葉でした。空を飛べなかったときも、叔父はこの言葉ひとつで彼を見守ってくれたのです。

（いつか、自分もこの言葉を誰かに手渡したい）

それが、彼にとって生きて行く意味でした。

とはいえ、泣きたくなる夜はあります。お客様の注文にうまくお応えできなかったときや、激しい雨と風が何日もつづいたときなど——。

そういうとき、彼は店先に並ぶ四つの常備品と語り合いました。「鉛筆」と「バターナイフ」と「ピンポン球」と「乾電池」です。鉛筆と乾電池は分かるとしても、なぜ、叔父はバターナイフとピンポン球を常備していたのか？　叔父いわく、

「バターナイフは凶器にならないだろう？　それに、ピンポン球はどんなに力をこめて投げても遠くへ飛ばすことができない。そこがいいんだよ」

それで、彼の手もとにはこの四つの品々があり、常に一緒にいれば、なんとなく話しかけてみたり、彼らの声に耳を傾けてみたりということがあるわけです。

彼は子供の頃から願っていました。

（もし、生きものではないものが、人間に分からない言葉を持っているのだとしたら、僕はそれらの言葉を通訳する仕事に就きたい）と。

その願いが少しずつ現実に近づきつつありました。

ある夕方のことです。空には猫の目より細い月が出ていました。

その日は駅の乗降客が出入りする玄関口に店を開いたのですが、お客様は一人もいらっしゃらず、それで彼はいつものようにバターナイフと語り合っていたのです。

「がっかりしないように」とバターナイフは言いました。

「分かってる」とハルトは返します。

「そのうち、お客さんは来ますよ」

「分かってる」

「葛藤や迷いが人を成長させるのですから」

「そうだね、ありがとう」

「とにかく、力まない方がいいです」とピンポン球が言いました。「大きな声を出したり、怒ったりしない方がいいです」

「分かってる――」

そうした会話を重ねていたところへ、

「すみません」

耳なれない女のひとの声が割り込んできました。

「あなた、誰と話しているんですか？」

「いや――」

ハルトが曖昧に言葉をにごしますと、

「もしかして、彼らと？」

彼女は店に並ぶいくつかの小さな品々を見て言いました。

彼女は彼と同じくらいの歳格好《としかっこう》で、子供ではないけれど、大人の威厳や風格といったものを、まるで持ち合わせていないところが彼とよく似ていました。

「ビター・チョコ」

と彼女は言いました。

「ああ——すみません。ビター・チョコは、いま在庫を切らしているんです」

「いえ、わたしはお客ではありません。チョコレートの卸屋です」

そう言って彼女は、抱えていた箱の中からミハル印のビター・チョコを取り出しました。

「はい。一枚、二枚——」

色とりどりの包装紙にくるまれた板状のチョコレートをハルトに渡し、

「三枚。でしたよね?」

「ええ」

ハルトは注文票を確認し、「ありがとうございます」と丁寧に頭を下げました。

ついこのあいだまで、チョコレートの卸屋は別の担当者で、彼女はそのひとから引き継いだ新任のようでした。

「あなた、もしかして、人間以外のものと話ができたりします?」

「ええ——そうですね」

「もしよかったら」と彼女は声を落としました。「コーヒーでも飲みながら詳しく聞かせていただけませんか？」

ハルトにしてみれば、そんなことを言われたのは初めてで、「人間以外のものと話ができる」件についてもさることながら、「コーヒーでも飲みながら」と言われたのも初めてでした。

「じつはね」

彼女はミルクをたっぷり入れたコーヒーをひと口飲んで言いました。

「じつは、わたしも子供の頃から身のまわりの物と話してきたんです」

「そうでしたか――」

ハルトは飲みかけたコーヒーをコーヒー・バーのカウンターに戻しました。

「そうなんです。コンパスとか花火とか紅茶のポットとか――彼らと話していると、皆から変な目で見られますけど、仕方がないことだと、わたしは思っています。皆は彼らと話せないんですから」

そう言って彼女は、

「あなた、空を飛べないでしょう?」

急にそんなことを訊いてきました。

「――ええ」

「やっぱりね。どうやら、物と話せる人は飛べない人たちで、飛べる人たちは物と話すことができないみたいです」

「そうなんですか」

「どっちがいい? って、ときどき自分に訊いてみるんですけど、もちろん、コンパスや花火と話せる方がいいって、わたしの結論はいつもそうなります」

彼女の声が少しばかり小さくなりました。もしかして、迷いがあるのでしょうか。

それをごまかすかのように、膝の上に乗せていた箱の蓋を開き、

「もう一枚あるんです」

ビター・チョコを取り出しました。

「あなたに半分あげましょう」

そう言って、彼女は板状のビター・チョコを包装紙ごと半分に折り、

「本当の苦い味です」

と言い添えて彼にくれたのでした。

＊

それから、ほどなくして――。

駅の構内の別の場所でハルトが店を開いていると、常連ではない初めて目にするお客様が、

「すみません」

と小声で話しかけてきました。小柄で、どことなくハルトに似たところのある男性です。

「こちらは、この世のどんなものでも調達してくださるお店と聞きました」

「ええ、そうです」

「本当ですか。じつはですね――」

男は一枚のチラシをハルトに差し出し、

「この〈フライング・スーツ〉なるものを、ぜひ、いただきたいのです」

「〈フライング・スーツ〉？」

ハルトがチラシに目を通したところ、

「飛べないあなたも自在に空を飛べます」

と大きな謳《うた》い文句が躍っていました。

噂には聞いていたのです。驚くべき発明によって、そのような商品がついに発売されると。しかし、そうした噂は、噂が広まった挙句、伝説となって終わり、ということがしばしばでした。

ところが、ハルトが手にしたそのチラシには、噂の〈フライング・スーツ〉が写真入りで紹介され、値段と商品番号と販売会社の連絡先まで記されていました。

「取り寄せていただけますでしょうか」

「――ええ、そうですね――可能だと思います」

「では、一着、お願いしたいのです。ただし」

男はそこで声をひそめました。

「どうか、私が空を飛べない者であるということは御内密に願いたいのです」

男がそそくさと立ち去ったあと、ハルトはしばし呆然として、売店の中に立ち尽くしていました。

「素晴らしいことじゃないですか」とバターナイフが言いました。「あなたがひそかに待ち望んでいたものです」

「空を飛べるなんて」と鉛筆が言いました。「われわれからしたら、夢のまた夢です」

「いかにも」と乾電池も同意しました。「われわれは、変わらずこの地上にいるのが身上ですから」

「でも、ハルトは違います」とピンポン球がひときわ甲高い声をあげました。「あなたはずっと飛びたいと願ってきた。それがついに叶うんです」

ハルトは彼女の言葉を思い出していました。

（空を飛べる人たちは物と話すことができない――）

「どうしたんです？　悩むことはないでしょう」

　バターナイフがいつもの落ち着いた声色で言いましたが、ハルトは彼女の声を耳の奥に聞き、

（そういえば）

　と上着のポケットにしまい込んでいたビター・チョコを引っ張り出してきました。なぜか、その半分に割られたチョコレートがとても大事で、

（すぐには食べられない）

　とポケットにしまい込んでいたのです。

「ハルトも注文するべきです」と鉛筆は言いました。「その〈フライング・スーツ〉をです」

　ハルトは半分になったビター・チョコの包装紙をほどき、銀紙を破って顔を覗かせた漆黒に近いチョコレートを少しだけそっとかじりました。

「本当の苦い味」がしました。

Bitter Chocolate

ひとり芝居

「わたしはもう、一生、主役になんてなれない。世界の終わりよ」

カノンは人生の壁に突き当たるたび、大いに嘆きました。

「まだ世界は終わらないから、大丈夫」と姉のマリカが、そのたび、なだめてくれるのですが、この姉妹は何かにつけ「世界一素晴らしい」とか、「世界は終わり」などと、いちいち大げさに口走るのです。

「主役がすべてじゃないでしょう？　カノンは世界一の脇役を目指せばいいの」

二人は両親をなくしてから、古びたアパートで一緒に暮らしていたのですが、

「わたし、あたらしい世界に飛び出してみる」

マリカがそう宣言し、行くあても決めずに旅に出てしまいました。以来、二人の会話はビデオチャットによるものとなり、携帯機器の小さな画面越しに、

「世界が」「世界の」「世界は」「世界に」

と大げさに語り合ってきたのです。

カノンはもともと脚本家志望でした。小さな劇団に所属し、最初は台本だけを書い

ていたのですが、役者の一人が急病で倒れ、代役をつとめるうち、「カノンは役者が向いてる」とおだてられて、その気になってしまったのです。

役者になるつもりなどまったくなかったのに、演じるうち、(もっとセリフがほしい)(もっとスポットライトを浴びて舞台に立ちたい)と欲が出て、その思いがいつしか、(主役を演じたい)と飛躍していました。

しかし、代役のカノンに主役などまわってくるはずがありません。そのたび、「世界はわたしを嫌っている」と嘆き、「世界は不公平で、不等で、不潔なヒエラルキーに充《み》ちてる」と大いに嘆くのでした。

「そういうときはね」

ビデオチャットの画面からマリカが言いました。

「お湯をわかすの。いい？ そして、ゆっくりコーヒーでも淹れて飲みなさい」

姉が出て行ってから、カノンは生活の何もかもを一人でこなしていました。

昼ごはんをつくり、食事をして食器を洗い、洗濯をして洗濯物を干し、乾いたら取り込んで引き出しにしまい、床に掃除機をかけ、一週間に一度は雑巾で拭き、窓を磨いて、浴室の汚れを落として、晴れていればベランダに布団を干しました。

「もう、無理」

カノンは大いに嘆きました。

「どうして、生きることはこんなにも重労働なの？　そのうえ、アルバイトを掛け持ちして、劇団のワークショップにも参加しなくちゃならないなんて」

「大丈夫」

マリカは——旅に出たきり、どこか遠いところにいるマリカは——世界のどこから妹をなだめました。

「この世界には、ひとつも無駄なことなんてないの。全部、意味あることなのよ」

「そうなのかな？」

カノンは首を横に振りました。もう何年も縦に振ったことがありません。

ところがです——。

劇団のワークショップで、ひとつ学んだことがありました。それは、体をゆっくり動かしながらセリフを口にしてみるというもので、ひとつひとつの挙動や発声を、およそ倍の時間をかけて試みたところ、なんとも言いようのない充実感を覚えたのです。それまでうまくいかなかったことが、すべて歯車が嚙み合ったかのように滑《なめ》らかに動き出しました。

「なるほど」

ワークショップを終えてアパートの部屋に帰ると、（そうだ）と、いつもの倍のゆるやかさで靴を脱ぎました。洗面台の前で気持ちを落ち着かせ、ゆっくり手を洗って顔を洗い、うがいをする自分を意識して、鏡の中の顔を隅々まで点検しました。それから、いつもの倍の時間をかけて服を着替え、ゆったりした音楽を聴きながら化粧を落としました。

そうしたルーティンを、そんなふうにじっくりゆっくりおこなってみると、さて、これまでの自分はなぜあんなに性急であったのか分からなくなりました。

何を急いでいたのでしょう？　いったい、何のために急いでいたのか？

大きな発見でした。カノンは自分の人生が何もかもうまくいっていないと思っていたのです。しかしその理由は、もしかすると、何もかもを性急に粗雑にこなしていたからではないかと気づきました。

「お湯をわかすの」

姉の言葉がよみがえりました。

「そして、ゆっくりコーヒーでも淹れて飲みなさい」

カノンはやかんに水をためました。いつもは何も考えず、「いま自分はやかんに水をいれている」という意識もありませんでした。しかし、やかんに水が充たされていく様を、一秒一秒、じっくり観察していると、ただそれだけのことなのに、なんだか面白くて仕方ないのです。

過ぎていく時間の一秒一秒を意識したことがありませんでした。一秒一秒の中に詰まっている微細《びさい》な物事を観察したことがなかったのです。

すべてをゆっくりおこなうようつとめました。ゆっくりおこなうことで、自分の扱うあらゆる事象が豊かないろどりを隠し持っていることを知ったのです。

そこにこそ、「世界」がありました。

夕食をつくり、食事をして、食器を洗う——その過程のすべてがいちいち面白く感じられるのです。

（そうか、わたしはわたしの人生において主役なんだ）

じつに当たり前なことに、はじめて思い至りました。


「そう。そうなのよ」

ビデオチャットの画面の中からマリカが賛同しました。

「旅に出たらね、何もかも自分で考えて、自分一人で動かなければならないの。『なんとなく』とか、『なにげなく』なんてことはひとつもなくなる。だって、すべては自分次第なんだから。ねぇ、知ってた？　世の中って、自分以外は全部他人なのよ」

（なるほど）

姉の言葉がヒントになりました。

（そうか、そうすればいいのか）


カノンは劇団を離れました。

ひとり芝居をしてみようと思い立ったのです。自分で脚本を書いて、演出をして、シンプルなものでいいから、舞台装置も自分でつくる。

とはいえ、もちろん何もかもを一人でこなすことはできません。ひとり芝居とて、誰かのサポートがなければ実現できないのです。照明や音響のエンジニアが必要でしたし、なにより、お客様がいなければ、お芝居は成立しません。

「でもね」

姉に訴えました。

「もう、主役とか脇役とかに、こだわったり悩んだりしなくていいの。それって、すごいことだと思わない？」

「そうね。たしかにすごいことだけど――」

姉の語尾が濁《にご》りました。

しばらくして、なぜ、濁ったのか、身をもって知ることになったのです。

「もう無理」

カノンは大いに嘆きました。

「ていうか、ひとり芝居って本当にすごくいいの。だって、自分が演じてみたいお話を自分で書いて、自分の好きなように演じられるんだから。試しにやってみて、気に入らなかったら、気に入るように台本を書きなおせばいいわけだし」

「そうね」

姉の声は、ずいぶん遠くから聞こえてくるようでした。

「どこまでも自分の気に入ったものにできるし、きついことやつらいことは、どんどん取り消せばいい」

「そうよね」

「だけど、気づいちゃったの、わたし」

「うん――」

「わたしの書いた台本。気に入るまで何度も書きなおしたんだけど――いい？――上演時間はおよそ一時間くらいなんだけどね、台本の文字数は、なんと三万字にもなっちゃって。分かる？　その三万字をきっちり覚えて――あたりまえなんだけど――一人で全部すらすらと言わなくちゃならないの」

「そうよね」

「世界はまたしても、わたしを見放してる」

「じゃあ、覚えられるくらいの分量にしたら？」

「それでは駄目なのよ。ちっとも面白くなくなっちゃう」

「なら、いっそ、一言も喋《しゃべ》らない無言劇は？」

「そうじゃないのよ。わたしは語りたいの。伝えたいことがあるのよ、言葉で」

「そうなのね」

「世界はどうしてこんなにも意地悪なのかしら」

夕食をつくっているときに上の空になり、塩の分量を間違えたのでしょう、出来上がった料理がひどく薄味になっていました。

たったひとつの小さな誤りが、結果をこんなにも変えてしまうのです。

「ねぇ、どうしよう？」と姉に訊くと、

「カノンがつくった料理が薄味だったとしてもね——」

マリカは言いました。

「そのことに気づくのは、あなただけでしょう?」

「え? それは、まぁ、そうだけど——」

「だったらいいじゃない。料理もお芝居も」

「お芝居も?」

「そうよ。一言一句、正確に言えなくても、伝えたいことさえ伝われば——」

「そうなの?」

「だって、そこが、ひとり芝居のいいところじゃない? カノンがセリフを忘れたり間違えたりしても、観客は誰も気づかないのよ。初めて観るお芝居なんだし」

「そうか」

完璧である必要はない。料理の味だって、毎日変わってもいいのだ。

「むしろ、変わった方がいいんじゃない?」

世界がいま、カノンに笑いかけていました。

変な箱

各駅電車の窓に夜空が映っています。

月がひとつと青年が一人。

彼には難解な漢字を四つ並べた正式な名前があるのですが、誰ひとり彼をその名で呼んだことはありません。その四文字を安易に省略した「ニムト」と呼ばれ、いつからか、彼も自分の名前はニムトであると自ら名乗るようになっていました。

というのも、そう名乗るようになってから、少しずつ運が向いてきたからで、ついには、冬の宝くじでとんでもない金額が当たってしまったのです。

ニムトはその賞金のうち、ごくわずかな金銭を手もとに残し、あとはすべて、知り合いに勧められた銀行に預けました。ところが、この銀行が知り合いごとニセモノであると発覚し、見事なまでに、すべて奪いとられてしまったのです。

「うぉふ」と彼はうめきました。父親譲りのうめき声です。

彼の父親の人生は「うぉふ」の連続で、それはすなわち、賭けごとに負けつづけたゆえの「うぉふ」でした。

決して父のようになりたくないと胸の真ん中に刻んだニムトでしたが、彼は手もとに残っていた幾ばくかの金銭を、あたかも悪魔に魅入《みい》られたかのごとく、すべて賭けごとに使ってしまったのです。

結果は惨敗。

「うぉふ」「うぉふ」「うぉふ」――。

ニムトは大いに嘆きました。賭けごとに負けて嘆くというのは、なけなしのお金を失ってしまったことに嘆くのではなく、「もし、当たったら」というまったくの空想が行き場を失ってしまったことに嘆くのです。

ニムトの部屋には冷蔵庫が一台と壁にぶらさげたオーバーコートが一着のこっていて、あとはすべて売り払っていました。冷蔵庫の中も、じつのところ空っぽで、ただひとつ、アルミの製氷皿が異様に冷たくなっているだけです。

ニムトはかろうじて蛇口から水が出てくるのを有り難く思い、その水を製氷皿に流し入れて氷をこしらえました。こうして水が氷になるように、（自分もまた生きていかなくては）と口の中の氷を嚙み砕きました。

（そういえば――）

壁のコートを眺めながら、ニムトはふと思い出しました。父はこの世を去る前、突然、財布にわずかばかり残ったお金を携え、よろよろと街へ出て行って、よろよろと帰ってくるなり、「これを」とニムトに小さな箱を差し出したのです。

「古道具屋で見つけたんだ。いい箱だろう?」

そう父は言うのですが、さて、どこが「いい箱」なのか、さっぱり分かりません。どちらかと言うと、「変な箱」で、オルゴールを思わせる、ちょうどてのひらの上に乗るくらいのものでした。何色とも言えないあらゆる色が入り混じった色で塗装され、蓋だけがわずかに色濃くなっています。蓋には鍵穴があり、鍵を開けないことには箱の中を確認できませんでした。

「鍵は?」と父に訊きますと、

「ああ、鍵か——」

そう言って父は眠りに落ち、それきり目を覚ますことはありませんでした。

ニムトはその鍵の開かない変な箱を父親の形見であるコートのポケットに入れていました。すべてを売り払ったのに、どういうわけか、そのコートだけは残しておきたかったのです。ニムトにとって、それは父のぬけがらであり、父には色々な問題がありましたが、その肉体も魂もいまはなく、壁にぶらさがったぬけがらだけになってしまえば、その存在は、どこか聖なるものに属しているように思えたのです。

ニムトはコートのポケットから件《くだん》の箱を取り出し、力まかせに蓋を開けようとしましたが、びくともしません。箱にはそれなりの重みがあり、中に何かしら入っているのではないかと想像されました。

＊

父の実家には父の兄である伯父が一人で暮らしていて、

（もしかして、この箱について何か知っているかもしれない——）

ふいにニムトはそう思い立ち、各駅電車を乗り継いで久しぶりに訪ねてみました。

しかしながら、伯父はすっかり覇気《はき》を失っており、小指が落とされていることからも分かるとおり、以前は皆から「ボス」と呼ばれる身分であったのです。それが、いまはもう、まともな会話すらできないほど衰弱していました。

それは、長年連れ添った伴侶《はんりょ》を亡くしてしまったからに違いなく、以来、伯父は誰かから貰い受けた小猿と一緒に暮らしているのです。というより、伯父は猿との世界にのみ生きていて、猿を通してしか、自分を表明することができないのです。

「伯父さん、この箱なんですけどね」

ニムトは変な箱を差し出して問いかけました。

「この箱のことを何か知っていますか？　中に何か入ってるんです。蓋を開ける鍵を探しているんですけど――」

すると伯父さんは、ニムトにではなく小猿に向かって答えました。

「なぁ、カカ」――カカというのが小猿の名前なのです――「申し訳ないが、私はもう何も分からなくなってしまったんだ。何も知らないし、何かを知りたいとも思わない。な？　たとえば、私はいつからか〈モリカワ〉に行かなくなってしまった。いいレストランなのにな。〈モリカワ〉へ行くための小銭だって貯めていたのにだ」

そう言って、伯父は部屋の隅にあった引き出しから手垢にまみれた袋を取り出し、袋を逆さまにすると、中の小銭が小机の上にじゃらじゃらと吐き出されました。

「なぁ、カカ。私はもう〈モリカワ〉へ行く金はいらなくなったのだ。だから、こいつをニムトに与えようと思う。いいだろう？」

そう言って、ニムトにその小銭をくれたのでした。

「ありがとう」とニムトが礼を言うと、

「なぁ、カカ。またいつでも来たらいい、とニムトに言ってやりたいんだ」

小猿は――正確に言うと、すでに本物のカカは数ヶ月前に天に召され、カカの姿かたちに似せてつくられたぬいぐるみなのですが――伯父が操作して、こくりと頷き、

「それがいいよ」と伯父による腹話術によってそう答えました。


実家のある辺りには、かつて空港があり、その空港が廃止されて、広大な荒地になっていました。その荒地にいつのまにか巨大なショッピングモールが建ち、遠目に見ると、豪華客船が華やかな電飾を灯して夜の海を航海しているように見えます。

ニムトはこれまでショッピングモールというものと無縁に生きてきたのですが、初

めて訪れ、店内案内図なるものを確認したところ、そこでは何もかもが売られていて、世界中のあらゆる料理やスナックや菓子といったものを「フードコート」と呼ばれるところでいただけるのだと知りました。

さっそく行ってみると、著しく空腹であったニムトには、そこに並んでいる食べものがどれも美味しそうで、まったくもって何を食べてよいか分かりません。なにしろ、伯父さんから貰《もら》ったばかりの小銭がありましたし、その気になれば、分厚いステーキをいただくことも可能なのです。

逡巡《しゅんじゅん》した挙句、フードコートの隅にひっそりとあったコーヒー・カウンターの丸椅子に腰かけ、耳慣れない言葉が並ぶメニューの中からコルタードとブリオッシュを注文しました。それがおそらく最も安上がりな腹ごなしで、苦みのあるコルタードを口に含むと頭の中がすっきりして、ふいに（そうだ）と思いついたのです。

（鍵屋に行けばいいんだ）

ふたたびショッピングモールの店内案内図に戻り、（もしかして）と確かめると、西棟の「56」と番号が打たれたところに、〈鍵屋のハリー〉とあるのを見つけて驚嘆しました。

（こんなにも望みどおりの店が並んでいるなら、「開かなくなった箱を開けてくれる店」だってあるかもしれない。というか、きっと、〈鍵屋のハリー〉がそれなのだ）

答えは半分当たりで、半分はずれでした。鍵屋の店主であるハリーと呼ばれている男は、「こいつを開ける鍵を作り出すのは、さほど難しいことじゃない」と豪語し、

「俺はしかし、もう飽きてしまったんだよ。残念だけどな。だから——」

ハリーは挑むような目でニムトを見据えました。

「もし、お前さんが仕事も金もないのなら、どうだろう？　この店の店主になってみないか？　何もかも、俺が教えてやるから」

（店主？）とニムトは唐突な申し出に面食らいましたが、

「仕事もお金もないのはそのとおりです」

と口が勝手に動き、

「それなら話は早い。善は急げだ」

ハリーはかたわらの状差《じょうさ》しから空の封筒を抜き取り、封筒の口をひろげたところへ、

ふっと息を吹き入れて、何枚かのお札を押し込みました。

「給料の前払いだ」

「いえ、まだやると決めたわけではないんですが」

ニムトが言い淀《よど》みますと、

「おかしなことを言う奴だな。いいか？　この世で鍵屋ぐらい素晴らしい仕事はないんだぞ。考えてみろ。鍵っていうのは、何かをしまい込んだり閉じ込めたりするためのものだ。で、その何かっていうのは、俺にとっての大事なもの、君にとっての大事なものだ。つまりは、誰にとっても大事なものだよ。その大事なものがなくなってしまわないよう、鍵をかけてしまっておくわけだ。な？」

（たしかにそうかもしれないけど――）

「まずは、その金でうまいものを食ったらいい。モールの中じゃなく、外へ出てな。西側から出ると、少し行ったところに〈モリカワ〉っていうレストランがある」

（ああ、それは伯父さんが話していたレストランに違いない）

あたかも見えない糸に操られているかのように、ニムトは言われたとおり、〈モリカワ〉へ足を運びました。

（しかし、どうしてこんなことになったのだろう？）

ひとつだけ言えるのは、この変な箱の鍵が開かなかったがゆえに、こうした事態になっているのでした。

〈モリカワ〉はいかにも歴史を感じさせるレストランで、小ぢんまりとした印象の入口に反して店内は意外と広く、ざっと数えてみても、十を超えるテーブル席が整然と並んでいました。白いテーブルクロスが淡い照明の中に浮かんでいます。

先客が一人あり、テーブルクロスと共にぼんやりと浮かんだその人——女性でした——の顔が少しずつ輪郭を整え、どことなくやんわりと光り輝いているように見えました。思い過ごしかもしれませんが、なんとなく、その女性も自分の方を見ているのではないかと感じ、それきりニムトは女性の方を直視できなくなりました。

給仕がやってきて、メニューを置いていきましたが、その彼女のことが気になって、メニューに並ぶ料理がひとつも頭に入ってきません。

（さて）とニムトが自らの顔をてのひらでひと撫ですると、店の入口の方からざわめきがじわじわと溢れ出すように迫ってきました。どうやらショッピングモールからやって来たと思われる団体客が次々とテーブル席を占拠し、ざわめきとそれぞれの忙《せわ》しないふるまいによって、彼女がどこにいるのか分からなくなってしまったのです。

ニムトは彼らから視線を外すと、このレストランには上階があることに気づき、階段を上がった先に二階の手すりといくつかのテーブルが見てとれました。

（逃げ出そう）

とにかく、この落ち着かない状況から逃がれたくなり、席を立って階段へ忍び寄り、そろりそろりと階段をのぼって二階へ上がると、手すりに片手を置いて階下の様子を見おろしました。

すると、どうしたことでしょう――。

先の団体客が、そのざわめきごとすっかり消えていて、この暗い店内にただひとり、あの彼女がニムトの方を見上げ、真摯《しんし》なまなざしで、そのふたつの瞳を光らせているのでした。

つぎはぎ姫

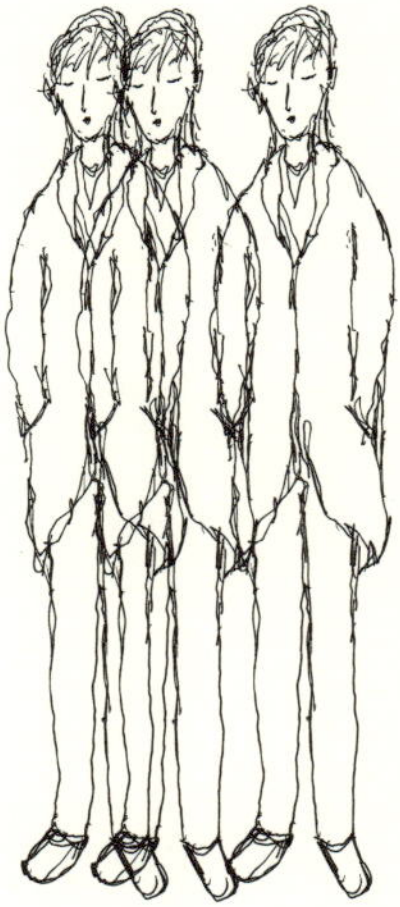

引っ込み思案と言うのでしょうか、ナナは自分の部屋から出て行くのが、とにかく怖いのです。外に出て行けば、かならず誰か知らない人に出くわしてしまうし、なにより夜ともなれば、母のゴーストを見てしまうこともあるわけです。

ナナの母は、「つぎはぎ姫」と呼ばれていました。

三つの人格を持っていたからです。

三人のまったく別の女のひとがナナの母の中でひとつになっていて、ひとつになって大人しくしているときはいいのですが、ときおり、三人の女のひとに別れ別れになってしまうことがあるのでした。

それはいつでも三つの段階を踏んでいて、一の段階では、ほんのわずかに母自身の輪郭がピントがボケたようにぶれ始め、他の二人の人物それぞれの輪郭がうっすらと見えるか見えないかという微妙な印象をもたらします。

しかし、二の段階になると、あきらかな分裂や亀裂といったものが生じ、三人はそれぞれの頭部を異《こと》にして、下半身はひとつであったとしても、上半身は三つに分かれ、おのおのが好き勝手な方を見たり、場合によっては、口を開いて何ごとか話したりもするのです。

そして、ついに三つ目の段階になりますと、ひとつになっていた三人は完全に分離し、見紛《みまが》うことなき三人の女のひととなって、顔を見合わせたり、目くばせをしたりしながら、それぞれの声で話し合ったりするのでした。

「わたしの亡き母はそういう人だったのです」

とナナが語ると、話を聞いた者は、

「それはあなたのお母さんの話よね？」

と確かめずにいられませんでした。

「ええ、そうです」

とナナが答えると、誰もが声をひそめて「あなたもね」と言うのです。

「あなたも――少しだけ――体の輪郭が震えるようにぶれているときがある」

ナナとしても自覚がありました。ときどき、自分の中に自分ではない者の声を聞いていたからです。

（いつかわたしも、つぎはぎ姫になる）

そういう運命なのだと覚悟していました。「覚悟」という言葉を自身に刻まなければならないほど、ナナの母はつぎはぎ姫である自分に苦悩していたのをナナはよく知っていたからです。

「自分が分からない」と母は言いました。「まわりの皆は、わたしがひとつになっていると安心するようだけれど、わたしとしては逆なの」

ナナの母はそうした事情を語るときでも毅然《きぜん》としていました。

「分からない」と苦悩を滲ませながらも、自分の境遇を正面から引き受けて、「これがわたしなんだから、仕方ない」と滑舌よくそう言うのでした。

「皆が安心してもね、ひとつになっているときのわたしには、まったく別の三人が体の中や頭の中で押し合いへし合いをしてるの。それに耐えきれなくなって、分離してしまいたくなる。きっと、小さな生きものが脱皮するときって、こういう気分なんでしょうね。自分が別の自分――別々の自分になっていくのが、体を通してしっかり伝わってきて、分身がうまくいったときは、たとえようもないような素晴らしい解放感がやってくるの」

だから、三人に分かれているときの方が楽なのだと母はそう言っていましたが、ナナには分かるのです。その喜びは決して長つづきすることはなく、母いわく、「どことなくさみしくなって」またひとつに戻ってしまうのだと。

「さみしい」「さみしいわ」「さみしいの」

分離された三人が口々にそう言い、もと居た場所を探して、もどかしげに自分の脱ぎ捨てたぬけがらに衣服を着なおすように戻っていくのです。

一緒に暮らしていたあいだ、母はそうした夜をたびたび繰り返していました。いまはもう体も魂もこちらからあちらへ移行しているはずなのですが、母が言うには、「未練が残って」と、ときおり、夜のはざまにこちらへゴーストとなってあらわれ、夜道を歩いているナナの前に、

「来ちゃった」

と姿を見せるのでした。

はじめて母のゴーストに出くわしたときは、ナナもたいそう驚いたのですが、ゴーストとなった母はこちらにいたときと何ら変わりなく、ナナ以外の誰にもその姿は見

えませんが、ナナの目には生前の母がそのままそこにいました。

「なんだか、もどかしくてね」

いつもの口調でそう言い、生前と変わらないのは、三人が一人につぎはぎになっているのも同じで、一人から三人に分かれてしまうのもまた同じなのでした。

「ねぇ、ナナ」と夜の路上でゴーストの母は言います。「あなた、もしかして、わたしと同じようなことになっていない？」

「そう——もしかして——そうなのかも」

ナナは正直に答えました。小さな点のようであったその自覚が、いつからか点から線になって体にまとわりついています。そのまとわりつく糸を断ち切ったら、おそらく、ナナもまた三つに分かれてゆく脱皮を経験することになるかもしれません。

「わたしはそれを望まないわ」

ゴーストの母は言いました。ときには三人に分かれたゴーストとなり、路上に立ちすくむナナを取り囲んで、

「望まないわ」「自分がね」「分からなくなるだけだから」

と糾弾するように言うのです。

「じゃあ、どうしたらいいの？」

とナナは三人に問いました。

三人は確実に別々の声色と顔を持ち、おのおの話し方から明確に性格が違うことも感じられます。

しかし、いざ、それぞれの声を頭の中に再現しようとしたり、三つの顔を似顔絵に描いてみようとすると、なぜか、ひとつの声とひとつの顔しか思い浮かばず、結局、再現することは不可能なのでした。

「いい？」とひとつの声とひとつの顔がナナに言いました。

「手おくれにならないうちに逃げるのよ。わたしとわたしの記憶から――」

すなわち、自分のことは忘れて、まっさらな気持ちであなたの道を歩いていきなさい、と母は言っているのです。

「外に出て行くの」

母は強い口調で言いました。

「わたしの知らない未来へね」

(でも、母の知らない未来ってどこにあるんだろう?)

(それってつまり、わたしの知らない未来ということ?)

(きっと、外へ出てみれば分かるはず)

ナナはワードローブのハンガーにかかっていた母のコートを羽織り、鏡の中の自分と向き合いました。

母のコートはすなわち母のぬけがらで、母のぬけがらと一緒に探し歩けば、そこに見つかるのは、自分にとっても母にとっても見知らぬ未来になるはず——ナナはそう考えました。

「行くのよ、わたし」

鏡に向かって話しかけ、

「未来へ」

おろしたての靴を履いて部屋を出ました。

まっすぐ駅まで歩き、夜の始まる時刻に各駅電車に乗ると、しばらく行った馴染《なじ》みのない駅で降りました。

電車の窓に月がひとつと自分の顔が映っています。

かつてその辺りには空港があったのですが、経営不振によって惜しまれながら閉ざされ、長きにわたって広大な荒地のままだったのです。それゆえか、駅前の店々もまばらで、行き交う人の数もさほどではありません。

ですが、ナナは駅からつづく道の向こうに、夜の海を行く客船を思わせる巨大な光の館を見出しました。

ショッピングモールのようです。

「知らないよね?」とナナは母のぬけがらに話しかけました。答えを待つまでもありません。母が生きていた時代、まだこの辺りは空港であったはずです。

「さぁ」

ナナは自分を鼓舞しながら、その光の船を目指し、

「母の知らない未来へ」

と口ずさみながら、息を切らして、ようやく辿り着きました。

人が大勢います――。

気押《けお》されながらも館内を歩き、数々の飲食店が並ぶ一画にコーヒーのいい香りが漂うカウンターを見つけると、迷わず、その丸椅子に落ち着きました。

思いがけず長い道のりを歩いてきたせいか、背中がすっかり汗ばんでいて、羽織っていたコートを無造作に脱ぐと、そのはずみでポケットからこぼれ落ちたのでしょう、なにやら小さなものが丸椅子の下の足もとに転がり落ちました。

「ん?」

と拾い上げると、それは二本の指先でどうにかつまめるほどの小さな鍵です。

(何の鍵だろう?)

見覚えがありませんでした。母のぬけがらのポケットにそんなものが紛《まぎ》れ込んでいたことも、もちろん知りません。

(さて?)

一杯のコーヒーをそのカウンターでいただき、しげしげと小さな鍵を眺めるうち、ナナは自分がひどく空腹であることに気づきました。

（外へ出なさい）と母の声が、どこからか聞こえてきます――。

声に導かれるようにショッピングモールから離れ、巨大な光の船を背にして歩き出すと、途端に周囲は闇に沈み、広大な荒地であったときの名残が急速にナナを脅かしました。

しかし、うまくできたことに、脅かされた心身はほんの小さな灯りにも目敏《めざと》くなり、元来の鳥目がたたって何も見えないはずなのに、行く手に何かの看板と思《おぼ》しきものが灯りをともしているのをナナは見つけました。

（あの灯りのあるところまで行こう――）

今夜のナナの勇気ある行動は、引っ込み思案で通してきた者としては上出来と言えるでしょう。もちろん、怖いと言えば怖いのです。なにより苦手な夜道を歩いているのですから。

ナナはコートのポケットに右手を差し入れると、そこに、さっき見つけた小さな鍵があるのを認め、思わずポケットの中で握りしめて、この暗い道行きのお守りとしました。

（もう少しよ）

光を宿した道しるべになっていた看板は、〈モリカワ〉という屋号をナナの目に届け、その四つの文字の上に並ぶ「洋食の店」という小さな文字まで確認できるところまで来ました。そこがレストランであったというのは、空腹のナナにとって、これ以上ない導きだったのです。

小ぢんまりとした入口に比して店の中は予想外に広く、真っ白なテーブルクロスをかけたテーブル席が、数えてみると十はあります。給仕がその中の一席にナナを案内し、「どうぞ」とメニューを置いていくと、その声が妙に響いて、他に誰も客がいないことに気づきました。

急に勇敢な心が後退し、不安ばかりがじわじわと立ち上がってきます。

（もしかして、人気のない店なの？）

不安な心持ちがそんな判断を下しそうになったとき、一人の男性客が給仕に案内されてあらわれ、ナナから少し離れた席につくなり、こちらをじっと見ていました。

その目が語らんとしている何事かにナナは反射神経のように警戒したのですが、

(いや、そうじゃない。あの人の目はわたしの目とよく似ているんだ)

と即座に警戒を解きました。

ところがです。彼の方はあっさりと視線を外し、少しばかり残念に思っていると、突然、どうしたことか、ざわめきが店内にあふれ出し、見る間にテーブル席がことごとく埋まってしまうほどの団体客がナナのまわりを取り囲んでいました。

そのざわめきに埋没してしまったかのように彼の姿が見えなくなり、

(さて——)

とポケットの中の鍵を握りしめて目を閉じると、今度はどうしたことか、煩《わずら》わしいばかりのざわめきが潮が引いていくように遠のいていきます。

いまいちど勇気を出して目をひらくと、団体客はいっときの幻であったかのように消えていて、二階の手すりにもたれて、こちらを見おろしている人影に気づきました。

ふたつの瞳が微かな光をたたえてナナを見ています。

彼でした。

白い手袋と三人の泥棒

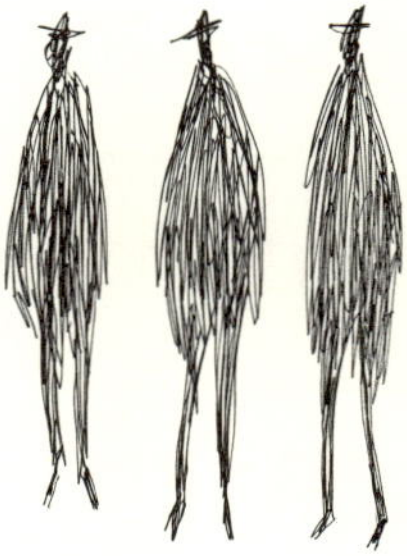

「ちょっと、そこまで出かけてくるよ」

その声がまだ、あたりに残っているようでした。

つい、いましがたまでそこにいたかのように、外された白い手袋が机の上に投げ出されています。

手袋の主は数日前に天に召されました。「天に召される」という言葉がこれほど似合う人もいません。

九十七歳――。

その皺だらけの手を白い手袋で包み、七十五年間つづけてきた仕事を淡々とこなしていました。

「跡継ぎ？　そんなものはいらんよ」

手袋の主はそう言っていました。

「紙屋」と言ってしまえばそれまでですが、ただ白い紙ばかりを商ってきたのは彼ひとりで、彼は目の届く限り、手に入る限りのあらゆる白い紙を扱ってきました。

硬い紙、やわらかい紙、つるつる、ざらざら、しっとり、しなやか、でこぼこ、さらさら——表情はさまざまですが、それが白い紙であること、一切の色と無縁であることにこだわり、世界中から「白」だけを集めていました。

屋号は〈白紙屋〉と称し、屋号どおりの商いを最後まで守りとおしたのです。

彼は多くの芸術家たちから多大な信頼を得ていました。彼の手によって選《よ》り分けられた極上の白紙を、画家たちは奪い合うように買いもとめたのです。

彼らは皆、知っていました。

すべてが白紙から始まる以上、そこにこそ、芸術の秘密が隠されているのだと。

いつか、誰かが言っていました。

「白紙とは、純粋な状態から創造を始めるための基盤である」と。

あるいは、

「本物の白紙の中には、描かれるべき天使と悪魔がすでに閉じ込められている」と。

しかし彼は、

「それは違うな」

とかぶりを振ったものです。

「本当に『白い』というのは、本当に『何もない』ということだ。そこには、言葉や思いなど微塵《みじん》もなく、天使や悪魔などいるはずもない。私が手渡したいのはそういう白さだ。それはつまり、とても難しい『白』なんだよ」

彼は年老いていくにつれて言葉数が少なくなっていました。自分の声や、自分の指紋や、自分の息づかいすら消えてなくなった方がよいと思っていたのです。

「白い紙を扱う者は、自分自身が紙よりも白くなくてはいかん。自分のちょっとした汚れや乱れが紙に伝染してしまってはならんのだ」

そう言って、彼はこう付け加えました。

「いっそ、自分など消えてしまった方がよい」

それがいま、ようやく叶えられたのです。

＊

「いいね」

「ひさしぶりに見つけたよ」

「まさに、俺たちが手に入れたいものだ」

三人の年老いた泥棒がブラック・コーヒーを飲みながら話し合っていました。

彼らには顔というものがありません。

なぜなら、泥棒というのは世間の皆様に顔を見られてはならないからです。三人はそう胸に刻みながら泥棒稼業を営んできたので、その結果、いつからか、目や鼻や口といったものは、すでに形を失っているのでした。

いいえ、そればかりか、彼らには実体というものがなくなりつつあり、いまではもう三体の影となって、町を浮遊しているのです。

ですから、夜ともなれば誰の目にも確認できません。泥棒としては理想的な境遇にあるわけですが、いかんせん、三人はこの町のありとあらゆる「いいもの」を盗みとり、最早、何ひとつ手に入れたいものがないのです。

そうしたわけで、昨今は「盗む」のではなく、かつて盗みとった品々を町に「返す」ことを自分たちの仕事とみなしていました。

そうした中、ひさびさに見つけてしまったのです。

「これはいいぞ」

「素晴らしいじゃないか」

「またとない逸品に違いない」

――そう言い得るものをです。

町の人々の噂を耳にしたのでした。

「〈白紙屋〉の親方が亡くなったぞ」

「ああ、あの親方――」

「親方の白い紙――」

「あの白い紙の素晴らしさといったら――」

数々の礼賛が三人の耳に飛び込んできました。

「どうやら、噂は本当らしい」

「面白いね」

「じつに興味深いよ」

彼らは夜ふけを待ちました。

＊

夜ふけともなれば、三人の姿はいよいよ夜とひとつになり、そこにはただ三つの声が交わされるばかりです。

店主を失った〈白紙屋〉の店内に忍び込んだ三人は、

「噂どおりだ」

「驚いたね」

「まさか、これほどのものとは――」

一様に驚嘆しました。

店内に整然と保管されていたのは、世界中から集められた白い紙ばかりです。

他には何ひとつありません。

ただ白い紙ばかりが、使い込まれた棚にひっそりと眠るように仕舞われていました。

三人には、それが夜の果ての秘密の洞窟に眠る透明な水晶のように見えたのです。

「なんということ――」

「選び抜かれた白紙というのは、こんなにも麗しいものだったのか」

「なのに、俺たちは――」

「まったくそのとおり。俺たちは、『名画』と呼ばれるものばかりを闇雲《やみくも》に盗んできた。言ってみれば、この麗しい白さを絵の具で埋め尽くしてしまったものを盗んでいたわけだ」

「知らなかったね」

「絵が描かれる前の白紙こそが――」

「最も素晴らしい作品だったとは」

「そうだな。これだけで、『何もしない』『何も描かない』というひとつの表現になる」

「われわれには、いつだって『何もしない』という選択肢があったのだ。にもかかわらず、自らの思いや――」

「そう。欲望と理想と主張で白紙を塗りかためてきた」

三人はしばし沈黙しました。

年老いた彼らは、町の人々に対し、

「そいつはいかがなものだろう」

と斜に構えて接してきたのです。まだ三人が三人とも青二才であったときからです。

しかし、自分たちもまた同じ過ちを犯していたのだと知りました。誰かの主張や痕跡ばかりを愛で、その下地にあった白紙の可能性を見逃していたのです。

「おい、これを見ろ」

「なんだ、それは」

「手袋のようだ」

「手袋？　そうか、これは親方が紙を扱うときに使っていたものじゃないか」

「なるほど。自分の痕跡を紙に残さないように――」

「まるで、泥棒のようだな」

「いやはや、まったく」

三人は苦笑しました。

泥棒もまた、この世に自分の痕跡を残さないよう注意しなくてはなりません。とかく人間は自分が「ここにいた」という事実を後世に残したいものですが、泥棒はそういうわけにはいかないのです。

「しかし、大したものだよ。じつに徹底している。この完璧に保管された白紙の輝きを見ろ。まるで発光しているみたいじゃないか」

「なんだろう――この輝きに覚えがあるぞ」

「ああ、たしかにどこかで目にしたことがある」

三人はそれぞれに自身の記憶を辿りました。

「子供の頃に見たような気がするんだ」

「俺もだ。子供の頃に見た輝きに違いない」

「ふうむ――おかしなもんだな。俺も同じくそんな気がするよ」

「なんというか――」

「分かるよ。その記憶からずいぶん遠くまで来てしまった」

三人は自分たちがまだ「白紙」であった頃を思い出そうとしていたのでした。しかし、どうしても思い出せません。たしかに、この白い輝きが自分のかたわらにあったように思うのですが、それがどんなものであったか、一向によみがえらないのです。

「俺たちはもう真っ黒なんだよ」

「そうだな。これでよく分かった」

「もう取り返しがつかないくらい真っ黒になっちまったわけだ」

三人は肩を落としました。もっとも、その「肩」ですら彼らは失っていて、そこにあるのは闇夜に溶け込んだ三つの黒い影ばかりです。

「おい」

棚に仕分けられた紙の束を物色していた影が声を上げました。

「これを見ろ」

店の中心に据えられた仕分け台に、「これ」と示されたものが置かれると、

「これは白紙じゃないぞ」

ひとつの影が驚きの声を上げました。

「よく見ろ。これはデッサンだ」

「じつに見事な描きっぷりじゃないか」

「隅の方にサインがある――」

「――ああ。これは親方の名前だ」

「親方が描いたのか」

「日付も記してある」

「一週間前の日付だ――」

「何を描いたんだろう」

三人は息を殺して、そこに描かれたものを凝視しました。

「手袋」

三人の声がひとつになりました。机の上に投げ出されていたあの白い手袋です。

「そうか――」

「これは自画像だな」

「最後の最後に親方は自分を残した」

「分かるよ」

それは泥棒ならではの感慨であったかもしれません。

「親方は最後に手袋を外したんだ」

「ずっと消していた自分の存在をこの輝きに残した。手袋なしで直《じか》に触れたんだよ。生涯をかけて愛したものにね」

三人は沈黙しました。見えない胸に手を当て、見えない目を閉じました。

「結局」と誰かが沈黙を破りました。「結局、何も盗むべきものはないということか」

「いや、そうじゃない」

と誰かが見えない首を振りました。

「充分に盗んだよ」

「そうだな」

三人は頷き合いました。

白い手袋に窓から射し込んだ月の光が映えていました。

モグラ

たったいま、〈まっくら都市〉に到着しました。

何も見えないまっくらな都《みやこ》です。「この世のどこかにきっとある」と長いあいだ探索されてきた遊動都市です。

左の掌から生命線を外し、一本の赤い線に仕立てて、ここまで来ました。ここへ来る術はそれより他ありません。生命線の赤い糸を夜の終わりに向けて放ち、その赤い一本を頼りに闇をくぐり抜けて来たのです。

残念ながら、自分がどのような者であるか明かすことはできません。自分はモグラです。あだ名ではありません。父もモグラでした。祖父も曾祖父もモグラでした。

自分にはひとつの使命があります。

この〈まっくら都市〉において、ヒトの〈こころ〉を見つけ、そのいちばん奥深いところへ潜り込んでゆくのです。

経緯がありました。

すなわち、曽祖父は〈まっくら都市〉に到達することが出来ず、祖父はどうにか到達しましたが、〈こころ〉を見つけることが出来ず、父はついに〈こころ〉を見つけましたが、その中に潜り込むことが出来ませんでした。

このような経緯を引き継いだ自分は、彼らが成し得なかった最終的到達を四代目のモグラとして成し遂げたいのです。

ボイラーを点検している男が教えてくれました。

「ああ」と。

彼はそれが口癖で、いつ如何《いか》なるときでも、「ああ」と前置きして話し始めます。

「ああ、分かってる。君の求めているものはね。ああ、しかし、それは容易じゃないんだ」

彼は声をひそめました。

「ああ、しかし私は知ってる。ああ、六十二番のヒーターのダクト」

「六十二番」と自分は復唱しました。

「ああ、六十二番のヒーターに取り付いている、ああ、それはそれは太くて長いダクトだ。ああ、あのダクトの中で暮らしているダスト・ウーマン。ああ、きっと彼女がガイドしてくれる」

とにかく、眠ってはいけません。

どうしても眠たくなったら、水筒にいれてきた苦いコーヒーを飲むのです。ごくごくと喉を鳴らしながらです。

それでもなお眠いときは、マッチを擦《す》ります。まっくらな道をマッチを擦りながら進んでいきます。

とても不安です。

しかしながら、時間というものが自分と一緒に動いているのを感じます。

おかしな考えかもしれませんが、自分がここに存在しなければ、時間もまた存在しません。違いますか？　自分は時間と一心同体で、まっくら闇をマッチを擦りながら進んでいると、そんなことばかり考えてしまいます。

ここへ来て八十二時間が経過したころ、ヘッドライト・ジョージが「ねぇ、君」とまっくら闇から現れました。頭部に上等なヘッドライトを装着しています。

「君はモグラだな」

「はい」

「モグラである君がヘッドライトをつけていないなんて、おかしな話じゃないか」

「つけてもいいのでしょうか」

「それはそうだろう。ここは〈まっくら都市〉なんだぜ。ヘッドライトをつけずにいたら、何も見えやしない」

「何も見えないまっくら闇を維持するのが、この都のルールではないんですか」

「はっ」と彼は一笑に付しました。

「いつの話をしているんだ？　万物は進化する。進化っていうのは不条理なものを正していくことに価値があるんだ。この都も常に変化しては進化していく。でなければ、君たちモグラだって目的が果たせない」

そういうわけで、自分は彼からヘッドライトを譲り受けたのです。

「金は一文もいらない。代わりに君の若さをひと匙《さじ》いただこう」

彼がそう言った途端、自分の体からひと匙分の何かが霧散《むさん》する感覚がありました。ひるがえして言えば、その瞬間、自分はスプーン一杯分だけ寿命が縮んだのです。


自分は楽園からここへ来ました。

楽園はいいところです。

いいところなのに、皆、〈こころ〉を大事にしていない。皆、〈こころ〉を持っているのに、それがどこにあるのか、「分からない」と首を振っています。自分にもじつは分からず、でも、それが自分の中にあるということだけは知っています。〈こころ〉はあります。そしてそれは、自分の中でいちばん大事なものであると直感でそう思います。

だから、モグラである自分は〈まっくら都市〉の奥深くにある〈こころ〉の源泉に潜り込み、〈こころ〉の奥深くにあるものを摑み取って、楽園へ戻らなければなりません。楽園の皆に、「ほら、これだ。これが〈こころ〉だ」と示すのが使命です。

父の時代はヘッドライトが禁じられていました。それで父はあと一歩というところで、〈こころ〉の中に潜り込めなかったのです。よく出来たスポーツ・シューズがヒトを速く走らせ、よく出来たバットがボールを遠くへ打ち飛ばすように、進化がそれまで不可能であったものを可能にします。したがって、進化にたすけられた自分は、必ずや、〈こころ〉の奥に辿り着かなければなりません。

とはいえ、六十二番のヒーターがどこにあるのか、ヘッドライトのあかりひとつでは簡単に見つけられません。というか、このまっくら闇の中で、地図もなく、三百六十度、どちらへ向けて歩き出せばいいのか見当もつきません。

ひとつだけヒントがありました。

父が言うには、〈まっくら都市〉にはいたるところに焼却炉があり、男たちが集まって、ひたすら何かを燃やしていた、と。

炎は暗闇の中で明々と燃え、それが唯一の道しるべになるのだと。

どれだけ歩いたでしょう。疲弊が限界に達しつつあったとき、行く手に明々《あかあか》と燃える炎が立ち上がっていました。

焼却炉です。

父の言うとおり、男たちの裸身が見え、隆々とした筋肉に汗の粒が光っていました。男たちは一様に太い眉を誇示し、

「あんたはモグラか?」

と血走った目で自分を見ました。

「いいか、俺たちが何を燃やしているのか、それだけは絶対に訊くな。それ以外のことは何でも答えてやる。さぁ、訊け」

「自分は六十二番のヒーターを探しているのです」

「では、人差し指を舐めろ」

男は強い口調で言いました。

「人差し指を舐めて、頭の上に掲げろ。その指で風を読め。ここではいつも南から風

が吹いてくる。いいか？〈いのち〉も〈たましい〉も〈こころ〉も、すべて南にある。南へ行くんだ。風が吹いてくる方へ向かって、風に抗《あらが》いながらな」

風はやさしく吹いていていました。

自分は南風に救われ、南風に導かれたのです。

水筒のコーヒーに喉を鳴らし、いくつかの焼却炉を経て裸身の男たちに励まされました。ようやくボイラーマンから教わった六十二番のヒーターに辿り着いたとき、自分が少しずつ自分ではなくなっていくおかしな気分になりました。それはおそらく、困難なことを成し遂げる自分の未来を、どこかで信じていなかったからでしょう。

ヒーターは寂れた〈宇宙館〉の脇に取り付けられていて、間違いなく「六十二」と刻印されていました。それはそれは長くて太いダクトがヒーターから延びています。

そのダクトに触れ、さて、どうしたらいいのかと逡巡していますと、ダクトが大蛇の腹のように蠢《うごめ》き、中から女のひとの声で「お前は、モグラか」と問われました。

「はい」と震える声で返答しますと、

「では、表からここまで来い」と、がらがらした埃っぽい声でそう言います。表というのは〈宇宙館〉の入口のことであろうと察せられました。

〈宇宙館〉は寂れてはいるものの、かろうじて営業中でした。

入場料を窓口で払い、著しく版ズレが起きている駄菓子のおまけのような半券を渡され、まっくらの上にさらなるまっくら闇に参入しますと、そうした前時代的な手続きに反し、中で展開されているミニチュアの宇宙は驚くべき高度な仕掛けでした。

宇宙そのものを小さな一室に閉じ込めて俯瞰した心地です。

しばし、うっとりとして宇宙に浸っていたのですが、いまはそうした快楽に溺れている場合ではありません。

自分が自分ではなくなっていく感覚と引き換えに、まっくら闇における東西南北が察知できるようになっていて、それゆえ、この館のどのあたりに、ヒーターが取り付けられているのか、手に取るように分かりました。

室内に向けられたヒーターのネットを取り外すと、外部へ突き出た筐体の中へ体ごと参入できるようになっており、そこからダクトのうねりが先へ先へと延びていました。非常に窮屈ではありましたが、迷わずダクトに身を投じ、匍匐《ほふく》前進の要領で進んでいきますと、

「よく来たね」

しわがれた埃っぽい声が聞こえました。

声のみならず、彼女は埃まみれで、しかし、ひとつも不衛生な感じはありません。彼女の体にまとわりついた無数の埃は散り散りになった水晶のかけらを思わせ、このまっくら闇の中でちらちらと輝いていました。

といって、彼女の姿かたちは見えないのですが、それらの点々とちりばめられた結晶によって、彼女の輪郭がたしかにそこにあるのです。

「おいで」

彼女はダクトの中を、それこそスネークのようにするすると進んでゆきました。ゴムとプラスティックが混ざった、決して快くない匂いが鼻につきましたが、遅れをとるまいと自分も懸命に前へ進みました。

不意に空気が変わり、締めつけられた体が解放される感覚が訪れ、「さぁ、着いた」とダスト・ウーマンが――正確に言えば、まとわりついた埃によってかたどられた彼女が――そう言うと、その声が大聖堂にこだまするように響き渡りました。大聖堂ではないとしても、恐ろしく天井が高いところに違いありません。

「ここは」

と彼女が言いました。

「ここは夜の記憶の保管庫だ。小さな黒い木箱に夜の記憶が閉じ込められている。何万という数だ。お前たちモグラは、この数多《あまた》なる木箱の中から、ただひとつ、鬼の目玉を閉じ込めた箱を探し出さなくてはならない」

「鬼――ですか」

「闇に葬られた鬼の右眼だ。その眼はいま、箱の中で眠っている。お前がモグラとしての能力を発揮し、見事、鬼の眼を見つけ出すことができたら、目玉は眠りから覚め、目玉が放つ光がお前を〈こころ〉の中へ連れて行ってくれる」

彼女が言うモグラの能力とは、目的となる対象物を直観的に探り当てることです。

「健闘を祈る」

そう言い残して彼女は姿を消しました。

途方もないひんやりとした空間の中に一人のこされ、自分はいま、モグラとして最大の難関にあると実感しました。

どうしたらよいものか分からず、

「どこにいる？」

と呼びかけながら、人差し指を舐めて頭上に掲げてみました。

ほんのわずかながら風を感じます。南風でしょうか。

風が吹いてくる方に目を凝《こ》らすと、あたかも呼びかけに応えるかのように、ほのかな光が明滅しているのが見えました。

ひとつの椅子

いつからそのようなことになったのか、記憶を辿《たど》ってみても見つけ出すことができないのですが、ケイジはふと気づくと、自分の人生が、（じつに味気ないものである）と思うようになっていました。

以前は、そんなことはなかったのです。というより、人生というものについて考えること自体、ほとんどありませんでした。

というのも、ケイジには「ジンセイ」と皆から呼ばれている友人がいて、この友人は何かにつけ、「人生はさ」「人生というものはね」と、人の生き方や生きる意味について独特な見解を申し述べるのです。

ケイジは、彼――ジンセイのそうした考えを、常日頃、身近に耳にしてきましたので、（自分の人生について、考える間がなかったのかもしれない）と自らに言い訳をしました。

ジンセイは〈コーヒーが飲める店〉という喫茶店の決まった席にいて、ケイジがその店へコーヒーを飲みに行くと、もれなくジンセイとおしゃべりができるのでした。

「僕もついに」とケイジはジンセイに報告しました。「ついに、人生というものについて考えるようになったよ」

「おめでとう」

ジンセイは自分の眼鏡をおもむろに外し、胸ポケットから取り出した眼鏡クリーナーでレンズを拭いて、おもむろに掛けなおしました。

ジンセイは眼鏡屋の倅《せがれ》で、それゆえ、「見る」ことについては少々うるさいのです。

「眼鏡っていうのは、世界をよりよく見るためのものなんだ」

彼は言いました。

「世界をよく見て、何かを見つけたりすることは、とてもいいことだと思う。でもね、本当にうれしいのは、気づくってことなんだよ。だって、『見つけた』ものは自分の外にあるけれど、『気づいた』ものは自分の中にあるってことだろう?」

彼はまた、こんなことも言いました。

「同じことを繰り返すのは気持ちのいいことだ。快楽とは反復のことに他ならない。たとえば、毎日、この同じ席で同じコーヒーを飲みつづけるとかね」

彼の考えにはおおむね同意できました。しかしケイジは、(でも、本当にそうなのか？）と、いちおう疑ってみるのです。

誰かの考えをそのままそっくり受け入れてしまったら、せっかく人生について考えてみようと思い立ったのに、単なる受け売りになってしまいます。

（ジンセイとは距離を置こう）

それは、ジンセイのいる〈コーヒーが飲める店〉から離れ、別のところでコーヒーをいただくことを意味していました。

端的に言えば、ジンセイが言うところの「この同じ席」ではなく、自分の知らない別の席に座ってみようということです。


このようにしてケイジは、「他の椅子に座る男」になりました。このおかしな自称は早々に簡略化され、「椅子に座る男」となって、そのあと、ケイジの考えと彼の実際の行動から、「世界中の椅子に座る男」と呼ばれるようになりました。

とはいえ、「世界中」はいささか大げさです。心意気は世界中を目指してはいましたが、まだ若いケイジは歳相応の限られた行動範囲において、目についたあらゆる椅子に座ることを自分に課したのです。

たとえば、駅の椅子に座ってみました。

ケイジが暮らしている町の中心には私鉄電車の駅があり、上りと下りのホームの待合室に、それぞれ十脚の椅子がありました。ホーム上にも、おのおの四つの長椅子があり、ケイジはそのすべてに座って（よし）と勢いづいたものの、ホームに到着した上り列車を認めるやいなや、その車内に設けられた無数の座席を目にして、早くも絶望していました。

さすがに、あらゆる電車のすべての車両のすべての座席に座るのは、不可能とは言わないまでも、それを成し遂げるだけで肝心の人生を棒に振ってしまいます。

そこでケイジは、そうした公共の乗り物や劇場や学校といった、人が集まるところに設けられた椅子については、「それらのどれかひとつに座ればよい」というルールを自分に許しました。

そうでなければ、とても「世界中の椅子に座る」ことなどできるはずがありません。

というより、この世にはこんなにも椅子や座席と呼ばれるものが存在しているのかと目がまわりそうになったのです。


ケイジは黙々とさまざまな椅子に座りつづけました。

公園のベンチ、バス停のベンチ、食堂のパイプ椅子、バーのとまり木、病院の待合室の長椅子、ホテルのロビーの高級なソファー、肘掛け椅子、リクライニング・シート、折りたたみ椅子、丸椅子、箱椅子、指定席、自由席、特等席――。

そして、おいしいコーヒーが飲めるカフェ・バーのカウンター席。

この世はどこへ行っても――そこに人がいる限り――椅子もしくは椅子に類するものがありました。

さかさまに言えば、椅子のあるところには、きっと、人がいるのです。

じつに多くの人が椅子に対して複雑な態度を示していました。

なにごともなく平穏な日常がつづいている限り、人は椅子の存在など、ほとんど気にとめません。それがそこにあるのは当然であり、ケイジが観察する限り、目の前に椅子や座席があれば、皆、何の考えもなく腰をおろし、何ら疑いも抱くことなく、自身の体を無防備に預けていました。

ただし、その場に居合わせた人の数に対して椅子の数がひとつでも足りなかったとき――なおかつ、彼らが何らかの疲弊を抱えていた場合――人は一脚の椅子を、ときには数十人、数百人で奪い合うことになります。

いわゆる、椅子取りゲームです。

もし、そこに椅子がなかったら競い合うこともなかったのに、椅子が設けられてしまったがゆえに、奪い合いが勃発してしまうのです。

（ああ）とケイジは嘆きました。と同時に、この世のおよそあらゆる事物に、（人生が反映されているのだ）と悟ったのです。

＊

さて、ここにもうひとり、ナミという名の髪を短くカットした女性がいて、彼女はもともとロング・ヘアーの若い女性のみで結成された〈ムーン・シャイン〉というジャズ・バンドの一員でした。彼女たちの個性的な演奏や楽曲は幅広い層の聴衆に受け入れられ、なにより彼女たちのロング・ヘアーが好評を博していたのです。

四人のメンバーが四人とも黒髪で、背中の半分が隠れるくらいの長さに揃えていました。しかし、ナミはその「同じ色」「同じ長さ」から、ある日ふいに逃げ出したくなったのです。理屈ではなく、単純に髪を短くして、（さっぱりしたい）と思いました。

ところが、彼女の要望をバンドのメンバーもマネージャーや事務所の社長も、さらに言えば、彼女たちの熱狂的なファンまでもが許してくれませんでした。

「メンバー全員が同じ色の同じ長さのロングでなければ――」

それでナミはバンドを辞めようと決意したのです。

「髪を短くしたくて――」

ただそれだけの理由で脱退したのでした。

「いや、それは大きな理由ですよ」

理髪師のホクトが鏡越しに言いました。

「自分を殺して何かに寄り掛かっているのは、決して健全ではありません」

ナミはベース弾きでした。自分の体より大きなダブル・ベースを抱え、ホクトに切ってもらったショート・ヘアーで舞台に立ちました。一人で演奏し、一人で曲を作って、一人で歌うようになったのです。

でも、もうひとつうまくいきません。

満足な演奏ができず、歌声もどこかくぐもって、持ち前の艶を失っていました。

組織に身を預けることができず、一人になってみれば、自分一人の身を置くところも見つからない。

（わたしが座るべき椅子はどこにあるんだろう？）

彼女は自分にちょうどいい、自分にふさわしい椅子を探していました。

そのためには、目につく限りの椅子および座席といったものに座ってみる必要がありましたが、見た目が麗しく、いかにも座り心地のよさそうな椅子が、いざ座ってみると、まるで自分の体にそぐわないということが多々ありました。

あるいは、「これこそ」と思える椅子であったとしても、最初のうちはいいのですが、座り始めて十五分も経つと、座面が妙に硬く感じられ、座っているのが苦痛になってきます。

さらに困ったことには、「この椅子に違いない」と断言できる一脚に出会い、快く身を落ち着けて十五分が過ぎ、なんら問題もなかったのですが、あまりに心地よくて、眠たくなってしまいました。

それでは駄目なのです。

眠くなってしまうということは、自分を保てなくなるということで、ナミにとって、椅子は眠るためのものではありません。眠りに就きたいのなら、寝台があります。ナミのもとめている椅子は、むしろ、眠たくなってきた意識をしっかり立てなおしてくれる椅子でした。

そのような椅子はまず見つかりません。

もし、見つけることができたら、即刻、購入し、購入できないものであった場合は、その椅子を自分だけの「居場所」と定め、他人を蹴散《けち》らしてでも、毎日、座りに行こうと心に決めていました。

そんな意地悪いことを思ってしまうくらい、自分の理想とする椅子は、なかなか見つからなかったのです。

ところが、まったく予想していなかったかたちで、それは目の前にあらわれました。

ナミが暮らしている町の北側には、森と呼んでしかるべき樹々が生い茂る一帯があるのですが、その森の入口――町のはずれから森へとさしかかる芝生が敷きつめられた一角に、どのような目的で置いてあるのか、古びたスクール・チェアがぽつりとひとつ取り残されたようにありました。

遠目に見つけたときからナミは胸騒ぎを覚え、

（もしかして、あれかな？　わたしが探していた椅子――）

はたして、そのとおりでした。森を背にする格好で、その椅子に腰をおろした途端、自分を取り巻くあらゆるものとナミ自身の時間とがひとつにつながる感覚が電流のように伝わってきました。

（これだ）

ナミはついに自分の居場所を見つけ、そのまま陽が暮れるまで、その椅子に座って目を閉じていました。

「あの」と男のひとの声がナミの耳に届くまで——。

目をひらくと、少しばかり離れたところに一人の青年が立っていました。ナミの方をじっと見ています。

「なんでしょう?」と応えると、「もしかして」と青年は芝生の上で姿勢を正しました。「その椅子こそ、僕がずっと探していた椅子のような気がするんです」

「あなたは誰?」

ナミが問いかけますと、

「ケイジといいます」

二人の目と目が、椅子ではなく、お互いを見つめていました。

〈貴婦人〉と腹話術師

新聞を拾う癖が抜けないのは、僕の駄目なところです。

でも、どうしても天気図を見たくて、拾って開いて、今日、明日の天気を確かめてみたら、〈夕方から南風が強くなるでしょう〉とありました。

（南か――）

南には自分が生まれ育った街があります。

あれから結構な時が流れ、いつのまにか僕は黒耳一座の一員になって、知らない街から街へと旅してきました。ジルに謝罪することもなく、石炭場からこんなに遠く離れて――。

自分にはそういうずるいところがあります。ジルは芝居が嫌いだと言っていたので、この一座に身をひそめていれば、見つかることはないでしょう。

でも、いつかは自分の街へ帰り、ジルが煙草で割ったあの赤い風船を街の皆さんに配らなくてはなりません。それが、この一座における僕の仕事だからです。

ふと、どこからか石炭の匂いが香ったような気がしました。

「シン――」

とマユムラさんが僕を呼んでいます。

「切符が雨に濡れてしまったから、いまのうちに乾かしといてくれないか」

そうでした。昨日の夜は雨に降られてしまったのです。

お芝居の最後に舞台のうしろの壁が取り払われ、外の景色が見えて、何千枚という切符がそこに舞い散るのです。それがいま上演している演目のラストシーンで、台本には、

「壁が割れて、白い花が舞い散るところで物語は終わる」

とあります。

今回の上演場所は、とうに使われなくなった駅舎を利用していて、駅に隣接された保管庫の中に大きな袋に入れられた使用済みの乗車切符が山ほどありました。そこで、その切符を白い花に見立て、最後の場面の花吹雪に使ったらどうだろうかとマユムラさんが思いついたのです。

昨日はちょうどその最後の場面で雨が降り出してしまい、降りしきる雨の中に切符の花びらが舞い散るさまは、それはそれで見ものでした。ただ、もはや重要な小道具

と言っていい何百枚という切符がすっかり雨に濡れてしまったのです。

「ちょうど陽が出てるから、新聞紙の上にひろげて乾かして」

マユムラさんの指示に、僕はかたわらのツァラを手に取り、

「かしこまりました」

とツァラの声で答えました。

「いまのはシンが言ったのかい？　それともツァラかな？」

とマユムラさんは笑いました。

シンというのは、この一座における僕の名前です。

ツァラは、正式には「ツァラトゥストラ」というのですが、僕の顔そっくりにつくられた腹話術の人形で、僕とツァラは二幕と三幕のあいだの短い幕間劇を任されていました。

「お前は声がいいからね」

座長のアカネさんが台本になかった幕間劇を特別に設けてくれたのです。

「ふたつの声を使って、二人分のお芝居をしておくれ」

それで僕はツァラとちょっとしたやりとりをすることになったわけです。ほんの五分ほどの寸劇ですが——。

でも、このごろ少し分からなくなってきました。

はたして、この僕が僕なのか、それとも、もしかして、ツァラの方が本当の僕なのか、と。

どうも、そんな気がするのです。ツァラこそが、僕の本当の姿で、こっちの僕の方は、偽りの自分ではないかと。

「そのとおりだ」とツァラは言うのです。彼は僕よりもずっと小さい人形なのに、言うことは一人前で、

「僕は君なしでもやっていけるけれど、君は僕なしでは芝居ができないだろう?」

と、そんなことを言うのです。

「すべては僕のおかげなんだぜ? 君が僕を操っているんじゃないんだ。僕が君を操ってる。そこのところを忘れてもらっちゃ困るよ」

さて、どうなのでしょう?

この問題に答えを出すのは容易ではありません。

「そんなことを言うなら」——僕は反撃しました。「ツァラも切符を干すのを手伝ってくれないか」

すると彼は、急に人形に戻って無言になるのです。

「しょうがないなぁ」

僕はツァラを小脇に抱え、濡れた切符が詰め込まれた袋を背負って、元は駅舎の倉庫であった建物の裏手へ出ました。

そこは雑草の生い茂るちょっとした裏庭になっていて、雑草の上に新聞紙を敷き詰め、その上に袋の中から取り出した切符を均《なら》しながら並べていきました。

「ちょうど陽が差してるから、一時間もすれば乾くだろうね」

とツァラが言いました。彼は裏庭に面して据えられた長椅子——それは待合室から持ってきたものです——に腰掛け、僕が切符を並べているのを舞台監督のように眺めています。

僕がポケットから缶コーヒーを取り出して蓋をあけると、

「そういえば、昨日――」

　とツァラが子供のような声で言いました。

「君は気づいていた？」

「気づいていた？　って何に？」

「君のことをじっと見ている観客がいただろう？　あの目は普通じゃなかったよ」

「普通じゃない――って？」

「さぞや、君に恨みがあるか、さもなければ、君に敬意を払っているかだね」

　缶コーヒーはぬるくなっていました。

「――どっちなんだろう？」

「どちらか分からないけど、とにかく、真剣なまなざしで舞台の上の君を見ていた」

「で、そのひとは――」

　僕は昨日の晩の観客席を思い出していました
「そのひとは男のひとだった？　それとも――」

「女のひとだと思うな。髪をすごく短くして、口紅も塗っていなかったけど、あのひとは間違いなく女のひとだよ」

ツァラがそう断言したとき、裏庭に誰かが入り込んでくる気配を感じ、僕とツァラが揃ってそちらへ目を向けると、

「突然、すみません」

そこに立っていたのは、まさに「そのひと」――僕をじっと見ていたという、髪の短いそのひとでした。

「何か――」と僕は口ごもり、

「何か――ご用件でしょうか」とツァラが言いました。

「あの――」とその人もまた口ごもり、その声色はずいぶんと低かったのですが、たしかに女のひとの声のようです。

「あの――昨日のお芝居を観たんですが――」

「ファンレターだったら、窓口で受け付けています」

ツァラが余計なことを言い、「すみません」と僕が謝ると、そのひとは、

「手紙を書くのは苦手なので、直接、お話をしたくて」

と少し早口になりました。僕は切符を並べる手をとめ、

「というと?」

と、そのひとの目を見た途端、どうしてか、そのふたつの目を前にも見たことがあるような気がしたのです。

「どこかでお会いしたことがあったかな?」

話を横取りするようにツァラが訊ねました。僕が訊こうと思ったのに——。

「そうですね。お会いしたというか、すれ違ったというか」

「すれ違った?」

「ええ。あの日のあの夜、〈貴婦人〉を盗んだのは私なんです」

「え?」とツァラが目を見張り、「ということは——」

「はい。あなたの額を、思わず〈貴婦人〉で殴りつけてしまったのも私です」

「おお」とツァラが顔をしかめ、僕は反射的に、いまも傷あとがのこる額に指をあてていました。傷あとのみならず、マユムラさんが言うには、「どうしても、取り除くことができなかったかけらがある」とのこと。

いまとなってみれば、あのとき、マユムラさんではなく本物のドクターに診てもらえば、こんなことにはならなかったのかもしれません。

子供のころ、鉛筆の芯が指先に刺さり、どうしても取れなくて、そのうち肉の中に埋もれてしまったみたいに、額の皮膚の下に黒い三日月形の破片がうっすら見えています。

「ええと――僕はてっきり――」と言葉を絞り出すと、

「泥棒は男だと思っていましたか？」と目の前のひとは申し訳なさそうに唇を噛みました。「すみません。あの頃、私はよくないところに身を置いていたのです」

「窃盗団とか？」とツァラがすかさずそう言うと、

「ええ。世間では、そんなふうに呼ばれていたかもしれません。兄がボスだったのです。私は子供の頃からずっと兄に憧れていて、兄の真似ばかりして育ったんです」

「なるほど」とツァラ。「つまりアレだ。自分と兄との見境《みさかい》がなくなって、あなたが兄になったり、兄があなたになったり。まるで僕とシンのように」

「シン？」と彼女は僕の目を覗き込み、

「あなたのお名前は?」とその目に問い返すと、

「エムと申します」

そう言って深々と頭を下げました。頭を下げているのに、

「あの夜は本当に申し訳ないことをしました」

とさらに頭を下げ、

「ずっとあなたを探していたんです。お詫びを言いたくて」

一度、頭を上げてから、またもういちど下げました。

「いいえ」と僕はそう言うしかありません。

「でも、もし——」とツァラが「いいえ」を引き継ぎ、「もし、あの夜、あんなことがなかったら——」

僕は急いでツァラの口をふさいで言いました。

「あんなことがなかったら、自分はいまもあの街で退屈な毎日を繰り返していたでしょう。ですから、いまの自分がここでこうしているのは、言ってみれば、あの一撃のおかげなんです」

口をふさがれたツァラはもぞもぞと体を動かし、僕の手を払いのけると、

「どうして、ここが分かった？」

と荒々しい口調になりました。

「調べたのか？」

「ええ。ずいぶん調べました。あなたを探すために。でも、どうしても分かりませんでした。私はあの夜、盗みとった〈貴婦人〉を抱えて走り、一度も振り返りませんでした。だから、あなたがあのあとどうなったのか何も知らないんです。それに――」

「それに？」

とツァラの声と僕の声がひとつになりました。

「あなたに『誰ですか？』と呼びとめられて身がすくみ、あわてて転がり落ちた〈貴婦人〉を拾い上げると、訳もわからず、あなたに打ちつけてたんです。ごめんなさい。あのとき、〈貴婦人〉があなたの額を傷つけた鈍い手応えがあって――」

「うぉふ」とツァラがうめきました。

「次の瞬間、〈貴婦人〉が粉々に砕け、尖ったひとかけらが私の指に刺さりました」

「うぉふ」とツァラは口をおさえ、「血が出たのかい？　真っ赤な血が」と、おそるおそる訊きますと、

「ええ。血が出ました。でも、それどころじゃなく。ひたすら走って逃げて、ふと気づくと、〈貴婦人〉のかけらがここに――」

と彼女はひとさし指を差し出し、

「ここに埋まり込んで――いまもあります」

僕の顔に近づけました。

「この指が疼《うず》いて。いえ、疼くだけじゃなく、指に埋まり込んだ黒いかけらに導かれてここまで来たんです。いまもこうして疼いて、まるで磁石に引きつけられるみたいに――」

「ああ」

とツァラが声を上げるより早く、彼女のその指が僕の額の真ん中にあてられました。冷たい指先が少しずつ熱を帯びていくのが分かります。

「あなたのそのかけらと、私のこのかけらが、こうして、ほら、ひとつになりたかっ

たんです」

彼女がそう言った途端、あたかもそれが合図であったかのごとく、南から一陣の風が吹いてきました。

次々と鳥が飛び立つように足もとから切符が舞い上がり、

「ああ」

とまたツァラが声を上げると、あたり一面に白い花が散って、ひとつになった二人を祝福しているかのようでした。

三日月とコーヒー

「何年前ですかね?」とカノンが屈託なく訊いてくるので、「十八年前よ」と私もさばさばと答えたつもりでした。

でも、それはやはり、屈託のなさをさばさばと演じただけなのかもしれません。

職業病です。

十八年前、カノンと私は同じ劇団にいました。私は三十二歳で、彼女は七つ下の二十五歳。彼女はまだ入団してきたばかりで、最初は脚本家志望でした。

過去のあれこれをあまり記憶していない私が、なぜ、そんなことを覚えているかと言うと、カノンが入団してきたその年に、私は映画の方へデビューすることになったからです。そこから、あれよあれよとスクリーンの仕事が主になり、二年と経たないうちに、私は劇団を辞めることになりました。

大きな転機だったのです。私の人生にとって――。

「ひさしぶりに飲みに行かない?」と誘ったのは私で、「誘ってくださるなんて、めずらしい」とカノンは気味悪がっていました。昔、よく行った店がまだ健在で、隅の席で乾杯をしたら、自分でも驚くほど饒舌《じょうぜつ》になってしまい、気づくと、「どうしたんです？」と彼女が心配そうに私の顔を見ていました。

二十五歳だったカノンは四十三歳になり、彼女は彼女らしい独特なひとり芝居を十年以上もつづけてきました。

「うらやましいの」

私は率直に言いました。入団してきたときの彼女に若かった頃の自分を重ね、なるべく出しゃばらないように、こっそり応援してきたけれど、彼女はぶれることなく自分の思いを貫き、いまもなお、その目は輝いています。

「うらやましい、はこっちのセリフです」とカノンは苦笑し、「テレビや映画であんなに活躍して。いまや、佐久間朋恵《さくまともえ》を知らない人はいないでしょう？　わたしとしても誇らしいですよ。自慢の先輩です」

「でもね――」

と私は目を逸らしました。そうしないとうまく話せないような気がしたからです。

「もう、辞めようと思ってるの」

「え？　辞めるって何をですか」

「だから、俳優の仕事をね」

「え、どうしてです？」

「あのね。いい？　この先もずっとね、誰かの人生を演じつづけるっていうのが――なんていうか――疲れちゃったのかな。自分の人生って何だったんだろうって分からなくなってきて」

「分からない？　素晴らしいお芝居を演じてきた――それが朋恵さんの人生じゃないですか」

「その実感がないのよ。それで、気づいたら五十になっていて――びっくりよね。でも、いまならこの船から降りて、自分の人生を歩いて行けるかもしれないって」

「本気で言ってます？」

カノンはカノンらしく攻めてきたけれど、私はなんだかすっきりして、彼女がなんと言おうと、いまの自分は、自分のまま自分のことを話していると初めて実感できたのです。それでも、まだ未練がのこっているのはたしかで、カノンの仕事を、「うらやましい」と思うのはその証しである、と白状せざるを得ませんでした。

＊

そんなところへ伯母の訃報《ふほう》が届いたのです。

よく笑う伯母でした。あんなに陽気な人は他に知りません。

ひさしぶりに会うと、いつも私の手を握って、

「あなたが子供だったころは、こうしてあなたの手を握って、いろんなところへ連れて行ってあげたの。覚えてないでしょ？」

と笑いました。

いいえ、覚えています——というか、自分の記憶のどこかにのこされているんじゃなく、そうして伯母が手を握ってくれると、頭ではなく手が思い出すのです。

逆に言うなら、伯母の手がこの世からなくなったら、私はもう昔のことをひとつも思い出せなくなるかもしれません。

通夜の席でそんなことを考えていたら、背中から、

「伯母さん」

と声がかかり、伯母のことを想っていたので、それが自分のこととは気づかず、

「朋恵伯母さん」

と背中の声が言い直したので、（そうか）とようやく気づきました。私もまた「伯母」であり、こうして「伯母」と呼ばれる人たちが、一人二人と鬼籍《きせき》に入ってしまうと、「伯母」と呼ばれてしかるべき縁者は、そのうち自分一人になるのでしょう。

私を「伯母」と呼ぶのは、女性だとトキコしかいないはずで、振り返って、トキコの顔を確かめると、「あなたもね」と、つい伯母らしい言葉を返していました。

「あなたも、そのうち伯母さんと呼ばれるようになるのよ」

「もう呼ばれてます」とトキコは顔をしかめている。

「そうなの？」

「弟に娘ができたんで、もう立派に伯母さんなんです、わたし」

「そうか。そうだったわね――あれ？　ちょっと待って。あなた、その喪服――」

「しまった、ばれたか」

「それって、プロンプターさんがよく着てる――」

「わたし、どうしても喪服を買うタイミングが分からなくて」

「タイミングって――いつ買ってもいいのよ、喪服なんて」

「そうじゃなくてね」とトキコは一瞬、口を閉じかけましたが、「そうじゃなくて、喪服を買ったら誰かが亡くなっちゃうんじゃないかって」

「そんなわけない――」と言いかけて私も口を閉ざすと、

「年功序列でいくと、次は朋恵伯母さんですよね？」

そのとおり。よくできた姪っ子です。

「じゃあ、私のお古《ふる》をあげるから、買うのはやめときなさい」

「その方がもっと不吉じゃないかな？　そうだ、それより――知ってます？」

そう言って、トキコは頭の上を指差しました。

「今夜は火星が接近していて、願いごとをすると叶うみたい」

「なに、それ？」

「本当なの。現にこうして――間に合わせの喪服だけど、なんとかなったし」

「そうなの？」

「伯母さんは何かお願いしたいことはない？　わたしはね——じつを言うと、もうひとつあるんだけど——」

＊

なんのことはありません。トキコは通夜を早めに切り上げて、アルバイトに行きたいらしく、

「お願い、タクシーをおごってくれない？」

と私にせがんできたのです。

「いいわよ」と二人して通夜の席を離れると、トキコの願いどおりタクシーを拾い、「どこまで行くの？」と財布を出したら、「一緒に行こうよ」と無理矢理、乗せられてしまいました。

「空港跡のショッピングモールまで」

とトキコは運転手に告げ、「ナナの代わりなの」と私にはそう言うと、ショルダーバッグから手鏡を取り出すなり、「友達なの」と付け加えて前髪を整えました。

「ショッピングモールで働いてるってこと？　友達が？」

「旦那と二人で鍵屋をやっていて。モールでね。〈鍵屋のニムト〉っていうんだけど、彼女、おめでたで。生まれてくるまで代わりに働くことになったの。わたし、なにしろ暇だから」

タクシーの窓の外に見知らぬ風景が流れていきました——。

いまよりずっと忙しかった頃、空港から飛行機に乗ったことはありましたが、閉鎖されて更地《さらち》になり、そのあとショッピングモールが建ったというのは、噂には聞いていました。

「伯母さんの願いごとって何？」

トキコは手鏡を見ながらリップを引いていました。

「本当なのよ、火星の願いごと。わたし、これでもう、ふたつ叶っちゃったし」

「お願いすれば、そのとおりになるわけね？」

タクシーの窓から空を見上げました。

火星がどこにあるのか分かりませんが、代わりに光をまとった大きな船のようなものが行く手に見え、それがまさにショッピングモールなのでした。

とてもまぶしい光。遠くに見ていたときは、どこがさみしげで綺麗だったけれど、近づくにつれてまぶしくなり、(ああ、私にはとても無理)とため息が出ました。

「せっかくだから、モール、見て行ったら?」

タクシーを降りるときにトキコに誘われたのですが、「いいの、私は」と遠慮し、「じゃあね」とトキコを見送ってから、

(あれ? どうしよう? 行くところがないじゃない)

と立ちすくんでいました。全身、黒ずくめで。

(なぁんだ、降りなきゃよかった)と後悔し、所在なくモールのまわりにひろがっている空き地を見渡していたら、モールとはまた違う、小ぢんまりとした光の船――というより、光で作られたバースデーケーキのようなものが目にとまりました。

磁石にひきつけられるように、その光の方へ歩いて行くと、それはどうやらサーカ

スのテントであるらしく、ケーキのように楽しそうな電飾と音楽に、子供の頃、伯母さんに手を引かれて観に行ったサーカスを思い出しました。

だけど、テントのすぐそばまで辿り着くと、今夜はまだ準備中のようで、テントの裏手に白い小さな家が映画のセットのように置かれているのが気になりました。小さいけれど窓もあり、その窓辺に、何か大きな人のような、大きな動物のようなものの影が動いています。（なんだろう？）ともう一歩近づくと、その窓から突然、大きな顔がせり出してきました。

人でありながら獅子のような顔でもあり、たてがみを風になびかせながら、目を細めてこちらを見ています。

「お嬢さん――」

と私を呼んでいるようでした。

え？　お嬢さんって私のこと？　本当に私を呼んでる？

「お嬢さんは悩んでいるんだね」

私の目を見て、大きな顔はそう言いました。

「いまいるところから、違うところへ行ってみたい――」

そのとおりでした。私がもう一歩、白い家に近づくと、

「月とコーヒー」

大きな顔はいきなりそう言いました。

「お嬢さんがこれから行くところには、月とコーヒーがあるんだよ。どうだい？　何か思いあたることはないかい？」

「あの――童顔なのは認めますけど、私はもうお嬢さんなどと呼ばれる年齢ではないんです」

「そんなことはないよ」

大きな顔はやさしく言いました。

「お嬢さんはこれから生まれ変わるんだから。振り出しに戻るんだよ。また一から始まるんだ。なんだろう？　喫茶店のようだね。コーヒーのいい香りがするよ。ワタシが好きな苦いコーヒーだ。うらやましいね。ここからは少し遠いけれど、すごく綺麗な三日月が見えるよ」

（ここからは少し遠いところ？　三日月？）

「お嬢さんを待っている人がいるんだよ。早く行かなきゃね。でも、あわてることはない。どんなに遠まわりをしても、お嬢さんはそこへ行くことになるんだからね。どうだい？　何か思いあたることはないのかい？」

思いあたるというか、「三日月」という言葉を聞いたら、胸の真ん中に小さな明かりが灯されたような気がしました。

三日月とコーヒー——喫茶店？

「ありがとう」とお礼を言うと、「ワタシじゃないよ」とやさしい大きな顔は言いました。

「お嬢さんは、伯母さんの手に引かれてここまできたんだ。でも、ここからは自分の足で歩いて行かなくちゃならない」

空を見上げました。

火星がどこにあるのか分かりませんが、南の方に、それはそれは綺麗な三日月が浮かんでいました。

あとがき

『月とコーヒー』と題された二冊目の本です。

今回は、「デミタス」とサブタイトルをつけてみました。デミタスの語源はフランス語のdemi tasse（小さなカップ）で、小さなカップでほんの少しだけ味わっていただく、そんなお話を書きました。少量ではありますが、一杯一杯がそれぞれの味わいをもたらしてくれるものでありますように、と念じながら書いたのです。

「もう少し飲みたい」と思われる方もいらっしゃるでしょう。いえ、正しくは、「もう少し読みたい」ですね。

しかしながら、作者としては、手のひらにちょうどおさまるカップで、少しずつ読んでいただくよう努めました。

一冊目の『月とコーヒー』を書き、そのあと同じスタイルで『中庭のオレンジ』という本を書きました。そして、いま本書を書き終え、三冊を合わせますと、およそ七十篇をデミタスカップに注《そそ》いできたことになります。七十篇程度では、まだまだ門前の小僧ですが、書けば書くほど、「物語には終わりがない」と実感しています。

「終わり」を目指して書き、いかにすっきりと完結させるかを思案するのが小説家の務めであると、以前はそう思い込んでいました。

ところが、「終わり」を意識しすぎて、どうにも、ぎくしゃくしてしまうことがあり、そのうえ、物語を終えた登場人物たちは、作者のあずかり知らぬところで、終わったはずの物語のその先をこっそり継続しているようなのです。

結局、どこまで書いても物語は終わらないのだと思い知り、どこで手を離すべきか、その瞬間を見つけることが肝要なのだと学びました。

とはいえ、ときには先行きを書いてしまいたくなることもあり、この本にも、「つづき」が書かれたものがいくつかあります。さらには、別々の話と思われていたものが、じつはつながっていたのだ、と発見することもありました。

一作目のあとがきに、次のようなことを書きました。

「月とコーヒー」というタイトルは自分が小説を書いていく上での指針となる言葉のひとつです。おそらく、この星で生きていくために必要なのは「月とコーヒー」ではなく「太陽とパン」の方なのでしょうが、この世から月とコーヒーがなくなってしまったら、なんと味気なくつまらないことでしょう。生きていくために必要なものではないかもしれないけれど、日常を繰り返していくためになくてはならないもの、そうしたものが、皆、それぞれあるように思います。場合によっては、とるにたらないものであり、世の中から忘れられたものであるかもしれません。

しかし、いつでも書いてみたいのは、そうしたとるにたらないもの、忘れられたもの、世の中の隅の方にいる人たちの話です。


このシリーズを書くにあたって、作者の思うところは、すべてこの一文にこめられています。ですので、これは『月とコーヒー』と題された本が刊行されるたび、こうして書き添えておくことにします。

一冊目に引きつづき、今回も徳間書店の野間裕樹さんによる適切な導きによって快く書くことができました。ありがとうございました。

そして、読者の皆さま、最後までお読みいただき、ありがとうございました。すでに三冊目の『月とコーヒー』も書き始めています。

二〇二五年　節分の夜

吉田篤弘

初出
「読楽」2023年11月号～2025年2月号
※単行本化にあたり加筆・修正しました

吉田篤弘（よしだあつひろ）

1962年東京生まれ。
小説を執筆するかたわら、クラフト・エヴィング商會名義による
著作とデザインの仕事を手がけている。
著書に『つむじ風食堂の夜』『それからはスープのことばかり考えて暮らした』
『レインコートを着た犬』『イッタイゼンタイ』『電球交換士の憂鬱』
『月とコーヒー』『それでも世界は回っている』『おやすみ、東京』
『天使も怪物も眠る夜』『流星シネマ』『なにごともなく、晴天。』
『中庭のオレンジ』『羽あるもの』『十字路の探偵』などがある。

月とコーヒー　デミタス

2025年3月31日　第1刷
2025年4月10日　第2刷

著者　吉田篤弘
発行者　小宮英行
発行所　株式会社徳間書店
〒141-8202
東京都品川区上大崎3-1-1　目黒セントラルスクエア
編集　03-5403-4349
販売　049-293-5521
振替　00140-0-44392
本文印刷　本郷印刷株式会社
カバー印刷　真生印刷株式会社
製本所　ナショナル製本協同組合

ISBN 978-4-19-865983-7

月とコーヒー / 吉田篤弘 / 徳間書店

喫茶店〈ゴーゴリ〉の甘くないケーキ。
世界の果てのコインランドリーに通うトカゲ男。
映写技師にサンドイッチを届ける夜の配達人。
トランプから抜け出してきたジョーカー。
赤い林檎に囲まれて青いインクをつくる青年。
三人の年老いた泥棒。空から落ちてきた天使。
終わりの風景が見える眼鏡——。

忘れられたものと、
世の中の隅の方にいる人たちのお話です。